宇江佐真理

雨を見たか

髪結い伊三次捕物余話

文藝春秋

目次

装画　安里英晴
装丁　坂田政則

雨を見たか

髪結い伊三次捕物余話

薄《うすら》氷《ひ》

一

一人前の髪結い職人となるには十年からの年季《ねんき》がいる。髪結い職人の徒弟《とてい》に入った小僧が、まず最初にすることは髷《まげ》の形を調《ととの》える稽古《けいこ》である。その時、酒の徳利《とくり》が使われることが多い。器用不器用に拘《かかわ》らず、小僧にとって最初の客は徳利となる訳だ。

徳利の口に髪の毛の束を置き、親方の見よう見まねで髷の形の稽古をする。ぞんざいにやると、徳利は引っ繰り返る。人の頭に手を触れるのだから、徳利が引っ繰り返らない程度の力加減を覚えなければならない。この稽古をおろそかにすると、一人前になっても「あいつは痛くてかなわねェ」と、客に敬遠されることになる。

剃刀《かみそり》の稽古も同様で、最初は焙烙《ほうろく》の尻を剃《そ》らされる。毎日、毎日、焙烙の尻ばかりを剃り、焙烙に穴が空《あ》くほど稽古したら、今度は自分の膝《ひざ》小僧を剃る。下手をして傷でもつけようものなら、湯に入った時、悲鳴が出るほど滲《し》みた。職人の修業とは髪結いに限らず、得てしてそうしたものである。厳しい修業と長い経験が優れた職人を作るのだ。

　伊三次の弟子の九兵衛《くへえ》も毎日、髪結い職人の修業をしているが、伊三次の家には、幼い伊与太《いよた》がいるので、伊与太が起きている内は、傍《そば》で剃刀を使うことは禁止だった。だから九兵衛は徳利を使って髷の稽古をすることが多かった。九兵衛が稽古を始めると、伊与太は興味津々という顔で九兵衛の傍にやって来る。伊与太は頭のてっぺんの髪を結わえ、両鬢《びん》と盆の窪《くぼ》に毛を残し、他は剃り上げる芥子坊《けしぼう》という髪型をしている。それに伊三次の姉のお園《その》が縫った綿入れの着物に薄茶色のよだれ掛けという恰好《かっこう》だ。九兵衛の肩に手を置いて、伊与太は九兵衛の稽古を覗き込む。その仕種《しぐさ》は、お文《ぶん》の目には可愛く映った。九兵衛は稽古をしながら伊与太に話し掛ける。

「伊与太坊のちゃんもよう、こうして稽古して一人前になったんだぜ」

「たん（ちゃん）……」

「おうよ。伊与太坊も髪結いになるか？　それともおっ母さんのようにお座敷に出る仕事をするかい」

　伊与太はおっ母さんという言葉が出て、台所にいるお文を振り返った。

「伊与太、九兵衛の邪魔をするんじゃないよ」

　お文は、ちらりと伊与太を見て言った。それから貰い物の青菜を洗い始めた。

「うん」

　伊与太は素直に応える。

「男は親父の仕事を継《つ》ぐのが親孝行よ。伊与太坊が髪結いになったら、親方は泣いて喜ぶぜ。そうなったら、おいらはお前《め》ェの兄弟子だ。そん時は、おいらの言うことをよく聞くんだぜ」

九兵衛は手を動かしながら説教めかして言う。

「うん」

「よし、かしこいぞ。さ、お前ェもおさらいだ。こいつは誰だ」

九兵衛は自分を指差して伊与太に訊《き》く。九兵衛は最近、伊与太へ言葉を教え込むのに熱心だ。それから、おつむてんてんとか、にぎにぎとかの仕種も教えている。

「おえ……」

伊与太は九兵衛とうまく言えず、そうなってしまう。

「おえじゃねェよ。おえは、ものを吐きそうになった時、思わず出る声だ。おいらは九兵衛だ。ほら、言ってみな」

「おえ」

「全く……そいじゃ、こいつは誰よ」

九兵衛は伊与太の鼻の頭をちょんと突いた。

「おた」

「伊与太」

「おた」

「駄目だなあ。おっ母さんの名前ェは？」

「ぶん」

伊与太はその時だけ張り切った声を上げた。

「そうだよ。やればできるじゃねェか。ついでに、ちゃんの名前ェは？」

「たん」

「だから、ちゃんの名前ェだよ。この間、教えただろ？　伊三次ってんだ」

「あじ」

「あじ？　魚のあじが聞いたら驚くぜ。いつからおいらは髪結いになったんだろうってな。いけねェ、いけねェ。早く茜《あかね》お嬢さんのように達者に喋らなきゃ、おいら、話が通じなくて困るぜ。お前ェは何かってェと泣いてばかりだ。泣いたってよう、周りの者はとんとわかりゃしねェのよ。腹が空いているのか、どっか痛ェのか、それとも寂しいのか、ちゃんと言えるようにならねェと駄目だ。もう、たったと歩いているんだから赤ん坊じゃねェ。しっかりするんだぜ」

「うん」

お文は九兵衛と伊与太の無邪気なやり取りに苦笑しながら、湯の入った鍋の中に青菜を放り入れた。寒くなると葉物《はもの》は身が厚くなり、甘さも増す。伊三次も霜が降りるこの季節の青菜を好んだ。お浸しにして、鰹節《かつおぶし》の掻《か》いたのをのせれば、お菜《さい》が一品決まる。

伊三次と所帯を構え、台所仕事をするようになると、お文は手が荒れた。指の節《ふし》も大きくなったように感じる。白魚のような指ともてはやされたお文にとって、手の荒れは悩みの種だが、亭主と子供が自分の作ったお菜を嬉しそうに食べる姿を見ると、そんなことはどうでもいいと思える。それに、今のお文は若さを売り物にする芸者ではないので、お座敷の隅で客に粗相がないように見守るだけだ。

若い芸者達はお文がいるだけで安心するらしい。何かあっても桃太郎姐《ねえ》さんに任せておけば大丈夫と信頼を寄せていた。伊三次が髪結床を構えるまで、お文は年増《としま》芸者と客にからかわれながらも、お座敷を勤める覚悟だった。

伊三次は丁場《ちょうば》（得意先）を廻った後で八丁堀の組屋敷へ向かい、北町奉行所定廻《じょうまわ》り同心の不破《ふわ》友之進《とものしん》と翌日の打ち合わせをした。

霜月《しもつき》は一日から芝居の顔見世《かおみせ》興行が開かれていた。芝居町周辺は人出が多くなっている。顔見世は芝居の正月に当たるので、江戸では重要な行事とされている。掏摸《すり》や迷子が出ないように周辺の警備を強化しなければならなかった。翌日は早めに仕事を切り上げ、不破の伴《とも》をして芝居町の見廻りだった。

打ち合わせを終え、組屋敷の外に出ると、霜月の風が身に滲みた。伊三次は着物の下に紺の股《もも》引《ひき》を穿《は》き、綿入れ半纏《ばんてん》に首巻きという恰好をしていたが、それでも冷たい風は裾《すそ》から這《は》い上がり、伊三次の身体を縮めさせた。

早く家に戻り、晩飯を済ませたら、伊与太をおぶって仕舞湯《しまいゆ》に行こうと思った。湯に浸《つ》かって温《あたた》まらなければ朝まで眠れそうにない。

お文は、とっくにお座敷に出たはずだ。銭を稼《かせ》ぐ女房を持って、お前ェは倖せ者だと伊三次は同業の仲間に羨《うらや》ましがられる。

だけど、それなりに苦労があることを仲間は知らない。仕事以外、何もしなくていい彼等と違い、伊三次は家に戻ってから息子の世話がある。お文の帰りが遅くて伊与太がぐずる時は、伊三次もどうしてよいかわからず、泣きたくなることさえあった。お文は伊三次より稼ぎがいいから、亭主にへいへいへえへえなんてしない。黙って言うことを聞く女房達とは大違いだ。時々、女房のすることが気に喰わなくて張り飛ばしてやったと得意そうに話す奴もいるが、伊三次にはとても真似できない。

そんなことをして眼の周りに痣《あざ》でもできたら、お文は途端にお座敷に出られなくなる。無茶な行動はそのまま自分に降り掛かってくる。伊三次はなるべく怒らないように自分を諌《いさ》めていた。そんな伊三次を不甲斐《ふがい》ない男という者もいたが。

八丁堀の代官屋敷《だいかんやしき》の通りを抜け、新場橋《しんばばし》を渡った時、伊三次は、「小父《おじ》さん」と呼び留《と》められた。声のした方を見ると、十二、三の痩《や》せた娘が気後れした表情で立っていた。

辺《あた》りはとうに闇に包まれている。そんな時刻に外へ出ている娘はいなかった。

「どうした、娘さん。道に迷ったのかい」

そう訊くと、娘はかぶりを振った。えんじ色の入った縞《しま》の着物に前垂《まえだ》れを締めている。着物も前垂れもしおたれて、あまりいい所の娘には思えなかった。

「こんな所でうろちょろしていたら風邪を引いちまう。ささ、悪いことは言わねェ。早く家に帰《け》ェんな」

伊三次は娘を諭《さと》すように言った。だが、娘は突然、「小父さん、あたいを買って」と、切羽詰った声を上げた。

「お、おい。とんでもねェことを言うんじゃねェよ」

伊三次は思わぬことにうろたえた。娘はそれから、しくしくと泣き始めた。

「送ってやるよ。だから泣かねェでくんな」

そう言っても、娘は泣きながらかぶりを振った。

「銭が要《い》るのけェ?」

伊三次は仕方なく訊いた。娘はこくりと肯《うなず》いた。

「あいにく、おれはそんなに持っちゃいねェ。しがねェ廻りの髪結いだ。無心するなら他を当たるんだな」

新手《あらて》のもの貰いかと伊三次は思った。面倒を避けて、すぐに娘の傍を離れた。師走も近くなると、様々な手管《てくだ》を使って人から金を巻き上げようとする者が増える。子供がその手先になるのがやり切れなかった。

伊三次は九兵衛の家に行き、伊与太を引き取ると家に戻った。伊与太には晩飯を食べさせたと九兵衛の母親が言ったので、伊三次は先に湯屋へ行くことにした。

湯屋は京橋の「松の湯」である。岡っ引きの留蔵《とめぞう》が営んでいる所だ。少し遠いが、そこへ行けば、子分の弥八《やはち》や女房のおみつが伊与太の面倒を見てくれるので、伊三次もゆっくり湯に浸かることができた。

おみつはぷっくりと膨《ふく》れた腹をしていた。本当なら伊与太と同い年の子供がいたのだ。だが、最初の子供は流産してしまった。今度は無事に生まれてほしいと伊三次も心底思う。

「おみつ、無理をするんじゃねェよ」

伊三次はおみつに声を掛けた。おみつは伊与太をあやすのに夢中で、さっぱり伊三次の言葉が聞こえていない様子だった。

湯に入って外に出ると、凍《こご》えそうな風も不思議なことに心地よく感じられた。外へ出て稼ぐ者は毎日湯に入って身体を温めるのが肝腎だ。そう教えたのは大工をしていた伊三次の父親だった。冷えは年を取った時、様々な病《やまい》を引き起こす原因となるからだ。だが、身体に気をつけていた父親は普請《ふしん》現場の足場から落ちて死んでいる。それを思うと伊三次は皮肉な気持ちになる。世の中は何が起こるか知れたものではないのだ。あの事故さえなければ、父親はもう少し長生きできたはずだ。

せめて父親に伊与太を一目見せてやりたかったと、伊三次はこの頃、とみに思う。

佐内《さない》町の家に戻ると、家の前に人影があった。こんな時分に誰だろうと様子を窺《うかが》うと、それは新場橋で伊三次に声を掛けた娘だった。

伊三次の後をつけ、それからずっと待っていたらしい。

「帰ェんな」

伊三次は少し荒い言葉で娘に言った。娘は少し後ずさりしたが、何も言わずに突っ立ったままだった。

伊三次は構わず、通用口から身体をかがめて中に入った。その時、娘の腕が伊与太の頭に伸びた。伊与太の頭がぶつからないように気を遣《つか》ったのだ。

伊三次は中へ入って短い吐息をついた。

「こう、入《へ》ェんな。ずっと外にいたんじゃ、身体が冷えたろう。温まってゆきな」

娘は安心したように薄く笑った。

伊与太を茶の間に下ろすと、娘は「可愛い！」と感嘆《かんたん》の声を上げた。

「坊はいくつ？」

「二つだ」

伊三次は伊与太に代わって応える。

「そう。お名前は？」

娘は伊与太の小さな手を握りながら訊いた。

「おた」

伊与太は張り切って応える。

「おた坊なの？」

娘は怪訝《けげん》そうに訊いた。煤《すす》けた顔をしていたが利発そうな眼をしている。頬が寒さで少し青ざめていた。こんなことなら、一緒に湯屋へ連れて行けばよかったと、伊三次は、ふと後悔した。

「いや、伊与太ってんだ。まだ、口が回らねェから、そんなふうにしか言えねェのよ」

「男の子は言葉が遅いから、二つでこれだけ喋られたら上等よ。そう、伊与太坊なの。何《な》んて可愛いんでしょう」

娘はどうしてよいかわからないという態《てい》で伊与太の顔をじっと見た。子供を可愛いと持ち上げられたら、伊三次も悪い気はしなかった。

「お前ェの名前ェは？」

「あたい……よしと言います」

「おし……」

娘は恥ずかしそうに応えた。

伊与太はすぐに娘の名前を声に出した。

「そうよ。嬉しい。伊与太坊は、もうあたいの名前を覚えてくれたのね」

「おし」

伊与太は褒《ほ》められて得意そうに繰り返した。

「およしちゃんか……いい名前ェだ」

伊三次はお愛想のつもりで言った。

「何がいい名前なもんですか。どこにでも転がっている名前よ」

およしは白けた顔で応えた。

「およしちゃんよう、晩飯はまだだろ？　大した物はねェが、一緒に喰おうぜ」

伊三次はおよしの気を引くように言った。

「いいの？　小父さん」

「ああ、いいってことよ。銭はねェが晩飯を喰わせるぐらいはできるぜ」

「ありがと……」

およしはそう言って、少し涙ぐんだ。

伊三次が台所から箱膳《はこぜん》を運ぶと、およしは手を貸した。結構、家の手伝いをしてきた娘なのだろうと伊三次は思った。お菜は魚の煮付けに青菜のお浸し、煮豆、沢庵が用意されていた。魚は一匹だけだったので、伊三次は小皿に半分を取り分けた。娘はよほど空腹だったらしく、さして遠慮もせずに箸《はし》を取った。

伊与太は九兵衛の家で晩飯を食べたはずなのに、二人が食べるのを見て、自分にも寄こせと伊三次に催促した。

「さて、およしちゃんの話を聞かせて貰おうか」

およしの表情が和《なご》んだと感じると、伊三次は、そっとおよしに言った。

「最初は驚いたでしょう？」

およしは伊三次の視線を避けて言う。

「ああ」

「あたい、もうすぐ岡場所に売られるの」

「……」

「お父《と》っつぁんが決めたのよ。お父っつぁんは博打《ばくち》打ちで、おっ母さんは酒飲みよ。暮らしが立つ道理もない。年子《としご》の妹がいるけれど、妹だって、その内に売られる。ああ、白いおまんまなんて何日ぶりかしら。手前ェの喰い扶持《ぶち》ぐらい稼いでこいって、おっ母さんは言うけど、あたいに何ができるって」

およしは茶碗に盛られた飯をしみじみ眺めながら皮肉な口調で言った。

「お前ェは覚悟を決めたのけェ？」

「ええ。否《いや》も応《おう》もない。お父っつぁんの言うことだもの。年季は十年よ。でも、あたいを売ったお金なんて、すぐに遣ってしまう」

伊三次はおよしの話に胸が塞《ふさ》がるような気持ちだった。

「見世《みせ》の旦那さんは存外に悪い人じゃなかった。あたいに同情してくれて、もしも、度々親が無心するようなことがあれば、きっぱりと断ってやると約束してくれた。だから十年だけ辛抱しろって。でもね……」

　およしはそこで言い澱《よど》んだ。

「でも、何んでェ」

「でもね、最初にお客さんを取るのが怖いの。いったい、何をされるんだろうと思うと、気が変になりそう。だから、度胸をつけるために小父さんに声を掛けたの。小父さんなら気持ちが悪くないだろうと思って」

「気持ちが悪くないってか……おれァ、お前ェに見初《みそ》められたって訳か。こいつはありがたいような、ありがたくないような」

「ごめんなさい。でも、もう忘れて。小父さんには、こんな可愛い子供がいるし、おかみさんだって……」

　およしはそこで初めて、伊三次の女房がいないことに気づいた様子だった。

「おかみさんはいないの？」

「いるよ。だが、夜は仕事に出ているんだ」

「そう」

　そいつは岡場所じゃない、と喉許《のどもと》まで出た言葉を伊三次は呑み込んだ。そんなことは慰めにならない。およしを傷つけるだけだ。

「飯を喰ったら帰ェんな」

伊三次は静かな声で言った。およしは観念したように、こくりと肯いた。

二

晩飯の後かたづけは、およしがしてくれた。

伊三次は伊与太を寝かせるために奥の間へ連れて行き、一緒の蒲団へ入った。伊与太が眠ったら、すぐに茶の間へ戻るつもりだったが、昼間の疲れが出て、思わず眠り込んでしまった。

眼が覚めたのは、お文の甲走《かんばし》った声が聞こえたからだった。

伊三次が慌てて茶の間へ行くと、およしはお文に睨まれて震えていた。

「どうした、こんな真夜中に。でかい声を出すんじゃねェ。近所迷惑だ」

伊三次はお文を窘《たしな》めた。

「こいつ、お前さんの台箱を開けて、銭がないか探っていたんだ」

お文は興奮した声で言った。少し、酒が入っていたのかも知れない。お文は平静を欠いていた。

お文はお座敷から戻ると、茶の間にいたおよしに驚いたらしい。それだけならまだしも、およしは伊三次の商売道具である台箱の引き出しを開け、金目の物を物色していた様子だった。かッと頭に血が昇ったお文は、「出てお行き、泥棒猫!」と、およしを罵《ののし》ったのだ。

「違います！」

およしは震える声で否定した。

「何が違う。台箱はうちの人の商売道具が入っているんだ。お前にゃ関係のないものだ。手を触れる理由がないだろ」

「何が入っているのか、見てみたかっただけです」

「ほう、理屈を言う。もしも、お足が入っていたら、お前ェはどうしたえ。盗《と》っただろうが」

お文は決めつけるように言った。

「お文！」

伊三次はたまらず、お文の肩を摑んだ。伊与太が眼を覚ましてぎゃっと泣いた。伊三次は伊与太を宥《なだ》めるつもりで奥の間に戻った。

その間におよしは逃げるように出て行った。

「何も、あそこまで言うことはねェ」

伊三次は伊与太を抱いてあやしながら言った。

「前田にね、女中にしてくれって娘がやって来たのさ。お内儀《かみ》さんは女中の手が足りなかったので、渡りに舟とばかり雇《やと》ったのさ。わっちは素性《すじよう》の知れない娘を雇うのはどんなものかと言ったが、お内儀さんは聞いてくれなかった。口入れ屋《くちいれや》（周旋業）に払う手間賃を惜しんだのさ。それから十日も経《た》った頃、娘はいなくなった。はん、住み込みの芸者衆の紙入れやら、簪《かんざし》やら、金目の物も消えちまっていたよ」

前田はお文が世話になっている芸妓屋《げいぎ》だった。

「だからって、あの娘もその類《たぐい》だと、どうして言える」

「だから、台箱に手を出していたのが証拠じゃないか。お前さん、八丁堀の小者《こもの》をしているくせに人がいいこと。いいかえ、油断していたら大変なことになるんだからね」

確かに、お文の言うことには一理あったが、伊三次は、およしがそんな娘とはどうしても思えなかった。髪結いの台箱は、普段、およしの身近にある物ではない。興味を引かれたとしても無理はないだろう。せっかく晩飯を食べさせて、気分よく帰すつもりが、これでは台なしだと伊三次は思った。

「これからは妙なのを拾ってこないどくれ」

お文は駄目押しのように言った。伊三次の堪《こら》えていたものが、その瞬間に弾《はじ》けた。

伊三次はお文の頬に平手打ちを喰らわせていた。お文は腹を立てて伊三次に摑み掛かる。

伊三次はそれを足払いした。お文はどうっと倒れ、頭はぐずぐずになった。伊与太は火が点《つ》いたように泣く。

全く、その夜は修羅場《しゅらば》だった。

翌朝のお文は気の抜けたような顔をしていた。伊三次に張られた頬を手鏡で右から見たり、左から見たりしていた。痣にはならなかったが、それでも少し赤くなっていた。

「堪忍《かんにん》しておくれよ。昨夜の客はちょいと性悪《しょうわる》で、わっちも悪酔いしちまったよう」

お文は出かける仕度をしている伊三次に素直に謝った。お文は変わった。以前なら、喧嘩となれば決して謝らない女だった。

九兵衛は、何かを察して余計なことは何も喋らなかった。さり気なく二人の様子を窺っていた。

「ほっぺた、大丈夫かい」

下手《したて》に出られりゃ、伊三次も意地は通さない。

「今夜はお座敷がないから、もうひと晩も過ごせば大丈夫だろうよ」

「そうかい……」

「あの娘はどうしたろう。悪いことをしてしまったよう」

お文は心底、後悔しているようだ。

「済んだことは気にするな」

「どうしてあの娘を家に連れて来たのだえ」

だが、お文は少し腑《ふ》に落ちない様子で訊いた。

「あの娘、もうすぐ岡場所に売られるそうだ。おれに愚痴を聞いて貰いたかったらしい」

自分を買ってくれと声を掛けたことは端折《はしょ》った。お文に余計な心配をさせたくなかったからだ。

「そうかえ……気の毒に」

「だが、もうここへは来ねェだろう。可哀想だが、あいつを助けてやる器量は、今のおれにはねェ」

「………」

「さ、時間がねェ。九兵衛、行くぜ」

「たん」

伊与太は出かける伊三次に手を振った。この頃は後を追われることもない。幼いながら、伊与太は父親が仕事に出かける時、自分はついていけないのだと納得している。いじらしい気がした。

いつものように不破と龍之進《りゅうのしん》の頭をやっつけると、伊三次はひと足先に九兵衛を佐内町へ帰した。九兵衛はこれから家の内外の掃除やら、買い物やら、お文の手伝いがあった。

伊三次は大急ぎで約束していた丁場を廻り、昼過ぎに不破と待ち合わせて京橋の木挽《こびき》町界隈に繰り出した。

江戸の芝居は寛永元年（一六二四）、京から下った中村勘三郎が中橋《なかばし》で中村座（猿若座）の櫓《やぐら》を掲《あ》げたのが最初である。その後、中村座は禰宜《ねぎ》町を経て、慶安四年（一六五一）に堺《さかい》町へ移転した。市村座は堺町と隣接する葺屋《ふきや》町へ櫓を掲げ、さらに京橋の木挽町には山村座と森田勘弥《かんや》の森田座が興行を始め、江戸四座の芝居小屋が成立したのだ。

芝居小屋の櫓の横には役者の絵看板が並び、通り過ぎる人々は、その絵看板を見ながら、どこの小屋を見物したらよいか思案している。

だが、芝居見物は土間の後ろにある追い込み席以外、すべて芝居茶屋を介さなければならなかった。

夜中の内から仕度を調えた大店の主、お内儀、娘等の客が幕開けとともに茶屋の福草履《ふくぞうり》をぱたぱたさせて小屋へ向かうのである。

毛氈《もうせん》を敷いた桟敷《さじき》で、客は茶屋から運ばせた料理や水菓子を食べながら芝居を楽しむ。

芝居見物は一日掛かりなので、女達は途中、芝居茶屋で着物を着替える。そんな衣裳比べも芝居に華を添えていた。

伊三次は、木挽町の通りで、およしと似たような年頃の娘達を何人か見掛けた。何んの苦労もなさそうな娘達は生意気に役者の演技に、あれこれと文句を言っていた。

その表情を眺めながら伊三次は複雑な気持ちにもなった。世の中は、上には上があり、下には下がある。それを今更ながら感じた。

「たまにゃ、務めを忘れて一日芝居を楽しみてェと思うこともあるが、おれは駄目だな。すぐに飽きてしまわァ。それより、なじみの店で一杯やってる方がよほどいい」

不破は派手な着物の娘達をちらりと見て言う。

「わたしも、せいぜい一刻《いっとき》（約二時間）ぐらいがいいところですよ」

伊三次も不破の言葉に相槌《あいづち》を打つように応えた。

「お前ェは芝居見物をしたことがあるのけェ？」

不破は、ふと思いついたように訊いた。

「へい。昔、芝居の好きなお内儀さんが客の中におりやしてね、茶屋にひと廻り（一週間）も居続けで見物しておりやした。湯には入れやすが、何しろ頭が結えねェのが不自由だと、わたしを茶屋まで呼び出すんですよ。その時、一緒に見物させていただきやした」

「ほう、大した客だの」

不破は感心したように眼を丸くした。

「今はこのご時世ですから、そんな豪勢な客も少なくなりやしたが」

「そうだな」

その日の見廻りでは、さして事件らしいものはなかった。酒に酔った客が路上で喧嘩していたのを諫めたぐらいだった。

一刻ほどで木挽町の見廻りは仕舞いだった。

帰り際、不破は嬉しいことを伊三次に言った。

「おれァ、明日は非番だ。龍之進は、今夜は宿直《とのい》だ。明日の朝、髪結いの御用は休みでいいぜ」

「へい！」

「ゆっくり朝寝でもしな。おれもそのつもりだ」

不破はそう言って、北町奉行所に引き上げた。不破を見送って佐内町に足を向けた時、伊三次は思わず小躍《こおど》りしたい気分だった。

三

翌朝、朝寝を決め込むどころか、伊与太に散歩に連れて行けとせがまれた。九兵衛に昼まで休みをやったことが悔やまれた。

お文が洗濯を始めると、伊与太の相手をしてくれる者がいなかった。伊与太は寝ていた伊三次の肩を揺すって、「たん、たん」とせがむ。

外はよい天気だった。顔を洗い、朝飯を済ませると、伊三次は伊与太の手を引いて外へ出た。本材木町《ほんざいもく》の通りへ出ると、伊与太は勝手に海賊橋《かいぞく》に向かった。いつも伊三次が不破の組屋敷へ行く時に渡る橋だ。休みの日ぐらい、その橋を渡りたくなかったが、伊与太は脇目も振らず橋を渡った。伊与太の下駄は鼻緒《はなお》に紐《ひも》が掛けてある。下駄が脱げないようにお文がつけたのだ。伊与太の下駄は同じ調子を刻《きざ》んでかたかた鳴った。

「おーい、どこまで行くつもりだ」

伊三次が後ろから声を掛けても伊与太は振り向きもしなかった。

坂本町を過ぎると、辻の所で伊与太は右に折れた。山王権現《さんのうごんげん》の御旅所《おたびしょ》（仮宮）の前に出ると、伊与太は境内の中へ入って行った。

すると、甲高い子供の声が聞こえた。その声に聞き覚えがあると感じたのも道理で、不破の娘の茜がすすきを携《たずさ》えて境内を縦横無尽に走り回っていた。少し離れた場所で、不破の妻のいなみが、そんな茜を見守っていた。

伊与太は茜に苛《いじ》められているくせに、走り回る茜の後ろについて、同じように声を上げた。

「奥様」

伊三次はこくりと頭を下げると、いなみに近づいた。

「あなたも伊与太ちゃんとお散歩？」

「へい。今日はいいお天気でようございやす」

「そうね。不破が、茜がうるさくて寝られないと文句を言いましたので、仕方なく連れ出しました」

「父っつぁんの代わりは、まだ見つかりやせんかい」

作蔵が亡くなってから、不破の家では下男のいない状態が続いていた。

「先日、口入れ屋さんから一人やって来たのですが、不破はあの通りの人ですから、少し怒鳴ったら、翌日には、もういなくなってしまいました。なかなか作蔵のような人は見つかりませんよ。茜が起きている内、わたくしは何もできないのですよ。龍之進は聞き分けのある子供だったので、わたくしも育て易《やす》かったと思います。ところが茜は大違い。わたくし、何んの罰《ばつ》で、こんなやんちゃな娘を育てなければならないのかと、毎日ため息をついているのですよ」

いなみは茜の養育に疲れているようだった。

「ですが茜お嬢さんはお元気だ。奥様、それが何よりですぜ」

伊三次はいなみを慰めるように言った。

「ええ、わかっております。世の中には身体が弱くて外にも出せないようなお子さんがたくさんいらっしゃいます。それを思うと、わたくしは我儘《わがまま》な母親でしょうね」

「もう少しの辛抱ですよ」

「そうですね……」

境内に植わっている松の樹《き》の周りを茜は回る。何度も何度も回るので、後ろをついていた伊与太が眼を回さないかと伊三次は心配になった。茜の身体の動きは並外れていた。

「坊ちゃんは、昨夜は宿直とか」

伊三次は話題を変えるように言った。

「ええ。お仲間と楽しくやっているようです。あ、い、いあぐりさんの祝言の頃は少し落ち込んでいたようですけど」

「坊ちゃんにとっちゃ、あぐりお嬢さんは初恋の人ですからね」

「あら、そうなの？　少しも気がつきませんでした」

途端に伊三次は余計なことを言ったと後悔した。

「奥様、このことは内緒にお願い致しやす」

「ええ、もちろん。心配しないで」

いなみは悪戯《いたずら》っぽい眼で笑った。

「あらっ？」

いなみは茜に視線を戻したが、どうしたことか茜と伊与太の姿がなかった。いなみと伊三次はきょろきょろと辺りに眼をやった。

「茜、茜！」

いなみが叫んでも返答はない。伊三次も伊与太の名を呼んだが同様だった。山王権現の横は堀《ほり》留《どめ》になっている。うっかり足を踏み外しては大変なことになる。広い境内を探し回ったが、二人の姿はどこにもなかった。

伊三次は御旅所の外に出た。幼い子供の二人連れなら、すぐに目につくはずだが、付近に二人の姿はなかった。いなみと自分が眼を離したのは、ほんのつかの間である。その僅かな間に二つやそこらの子供が遠くに行けるはずがない。しかし、姿が見えないことで、伊三次は次第に悪い予感がしていた。

いなみに御旅所で待つように言って、伊三次は表南茅場町《おもてみなみかやばちょう》から日本橋川に出た。そこは鎧《よろい》の渡しがある。うっかり渡し舟に乗ったのか。まさか。

それとも日本橋川に落ちたのか。まさか。

まさか、まさかと思いながら、鎧の渡しに近づくと、桟橋《さんばし》に伊与太がぽつんと立っている姿が眼に飛び込んできた。渡しを利用する客はそんな伊与太を心配そうな表情で見ていた。伊三次が駆け寄ると、客達は一様に安堵の吐息をついた。

「伊与太」

「たん！」

振り向いた伊与太も安心したように伊三次の胸に縋《すが》りついた。だが、茜の姿はなかった。

「茜お嬢さんはどうした」

そう訊くと、伊与太は手を振る仕種をした。

どこかへ行ったと言うのだろうか。

「伊与太、茜お嬢さんは誰と行ったんだ？」

試しに訊くと、伊与太は「おし」と応えた。

およし。伊与太はおよしが茜を連れて行ったと言いたいのか。だが、伊与太の話はあてにならない。ちょうどやって来た渡しの船頭に茜のことを訊《たず》ねると、確かにそれぐらいの子供と姉らしい娘を小網《こあみ》町の河岸に下ろしたと応えた。

かどわかし。伊三次の後頭部が痺《しび》れた。すぐさま伊与太を抱いて御旅所に戻ると、いなみは気の抜けたような顔をして待っていた。

「奥様、旦那を起こして下せェ。茜お嬢さんがかどわかされた」

いなみは言葉もなく、その場に座り込んだ。

「奥様、しっかりして下せェ」

左手に伊与太を抱え、右手はいなみの身体を支え、伊三次は亀島町《かめしま》に急いだ。

女中のおたつに伊与太を預け、伊三次は不破の寝間に入り、蒲団を引き剝《は》がした。

「旦那、てェへんだ、茜お嬢さんがかどわかされた！」

「何？」

寝惚《ねぼ》けまなこの不破は、まだ事態を理解していないところがあったが、長年、同心として鳴らしてきたので、頭よりも身体の方がすばやく動く。無言で着替えをすると、帯の後ろに朱房《しゅぶさ》の十手を挟《はさ》んだ。

玄関を出ると、ちょうど龍之進が戻って来たところだった。

「どうしました」

二人の様子に龍之進は怪訝な眼を向けた。

「坊ちゃん、茜お嬢さんがかどわかされやした」

「え？」

「子供を攫《さら》って、南国に売り飛ばす魂胆だ。龍之進、行徳《ぎょうとく》河岸へ行け。そこに人買い船が待っているはずだ。茜はそれに乗せられている」

不破は澱みなく龍之進に命じた。そういう噂がまことしやかに江戸市中で囁かれていたのは伊三次も知っていた。宿直の疲れも感じさせず、龍之進はひと足早く、組屋敷の外へ出て行った。

不破と伊三次も続いた。

「下手人の目星はついているのけェ？」

不破は走りながら伊三次に訊く。

「へい」

「そいつは誰だ」

「およしという娘です。だが、後ろで糸を引いている奴がいるはずです」

「およしという娘のことは誰から聞いた」

「へい、伊与太です」

「伊与太がお前ェに教えたのけェ？」

「へい」

「こいつが本当だったら、伊与太はお手柄だ」

不破は感心した顔で言う。

「旦那、こんな時、つまんねェことは言わねェで下せェ」

伊三次は不機嫌な声で不破を制した。

四

行徳河岸には不破が言ったように伝馬船が留まっていた。人足が船と河岸の間に渡した板の上を行き来している。表向きは荷を積み込んでいるようにしか見えない。

「北町奉行所である。船の中を改める」

龍之進が大声で叫んだ。すると、その声を聞きつけ、脇の小路から人相のよくない男達が五、六人ほど現れた。皆、じょろりと丈の長い綿入れ半纏を羽織っていた。

「この船はお大名の持ち物だ。町方役人の調べを受ける筋合《すじあい》はねェ」

たっぷりと肉のついた顔をした四十がらみの男が憎々し気に応えた。

「そうはいかねェ。その船に、うちの餓鬼《がき》が乗っていたとしたらどうだ」

不破はつッっと男の前に出ると、臆することなく言った。

「何んだとう、いい加減なことをほざくな」

強気な態度で応えたが、男の様子には慌てているものが感じられた。そっと男達に微妙な目配せも送っている。

「およしという娘が鎧の渡しから、うちの餓鬼らしいのを乗せたと言っていたぜ。それでも白《しら》を切るのけェ？」

我が子を攫われたというのに、不破は、伊三次の眼からは冷静に見えた。

伊三次が隙《すき》を衝《つ》いて船に乗り込もうとした時、男の一人が前に立ちはだかった。

「おっと、それ以上動いたら、どうなるかわからねェぜ」

二十歳《はたち》ほどの痩せた男は匕首《あいくち》を出して伊三次に凄《すご》んだ。伊三次は頭から髷棒《まげぼう》を引き抜き、そっと留め金を外した、中には錐《きり》が仕込まれている。

「手前ェ、髪結いか。しゃれたことをするじゃねェか」

男はおもしろそうに唇を歪《ゆが》めて笑った。そんな男の後頭部を不破は加減もなく十手で張った。男は呻《うめ》き声を上げ、地面に蹲《うずくま》った。

「くそ、面倒だ。やっちまえ!」

四十がらみの男は気勢を上げた。その時、湊《みなと》橋から龍之進の朋輩《ほうばい》達が徒党を組んでやって来るのが見えた。

「龍之進、助太刀するぞう」

頼もしく応えたのは、緑川鉈五郎《なたごろう》だった。隠密廻り同心、緑川平八郎の長男である。おおかた、いなみが仲間に知らせたのだろう。一番後ろから与力見習いの片岡監物《けんもつ》が必死の形相でついて来ていた。皆、捕物装束《しょうぞく》の恰好だった。連中はすぐさま男達に十手を構え、「神妙にしろ」と、口々に叫んだ。伊三次は、ここぞとばかり伝馬船へ乗り移った。

仄暗《ほのぐら》い船内には菰《こも》で覆《おお》った荷物が積み上げられていたが、奥に子供達がひと塊《かたまり》になって座っていた。幼い子供達だ。二歳から五歳ぐらいの子供達で、まだろくに分別もできていない者ばかりだ。子供達の中におよしがいた。

「およし」

伊三次がそう声を掛けると、およしは何も応えず唇を噛んだ。

「手前ェが何をしたかわかっているのけェ」

訊きながら、伊三次は茜の姿を探した。茜は泣きもせず、玩具《おもちゃ》で遊んでいた。でんでん太鼓《だいこ》、独楽《こま》、風車《かざぐるま》、絵本、お手玉等、子供達の喜びそうな玩具が傍に用意されていた。

「あたい、伊与太坊は連れて来なかった」

およしは言い訳するように応えた。

「そういう問題じゃねェ。この餓鬼どもを船に乗せて、それでどうしようと言うんだ」

「………」

およしは応えなかった。金縛《かなしば》りに遭《あ》ったように震えていただけだ。伊三次の子供と知らなければ、およしは伊与太もその船に乗せていただろう。そう考えると、怒りが衝き上がる。

「茜お嬢さん」

伊三次は茜に呼び掛けた。

「伊三次」

茜は振り向いて、はっきりと応えた。口の達者なところは、伊与太の比ではない。

「かかさんが泣いておりやすぜ。茜は、どけェ行ったんだろうってね」

そう言うと、途端に茜はいなみを思い出して泣きべそをかいた。それに釣られたように他の子供達も泣き出した。皆、恰好はそれなりの子供達だった。今頃は親達が必死の思いで探していることだろうと思った。

「およし、お前ェは誰かの差し金《がね》でかどわかしに手を貸したんだろう。わかっているぜ。ささ、おとなしくすれば悪いようにはしねェ。餓鬼どもを船から降ろすんだ」

「あたい、いやだと言ったんだ。だけどお父っつぁんは岡場所に行かなくてもいいことにするからって」

「ああ、わかった、わかった。詳しい話は後で聞くぜ。とにかく、餓鬼どもを降ろすのが先だ」

伊三次はそう言っておよしを促した。

ぞろぞろと子供達が船から降ろされると、たまたま行徳河岸を通り掛かっていた人々は眉をひそめた。どういう事情か、とっくに察しをつけている様子だった。

縄を掛けられた男達を見習い同心の連中は大威張りで先へ促す。これから大番屋に連行して取り調べをするのだ。考えてみたら、見習い組にとって、それが初めての捕物御用だった。さぞかし奉行よりお褒めの言葉があるものと伊三次は思った。

「茜、無事だったか。よかった、よかった」

不破は茜の姿を認めると、途端に相好《そうごう》を崩《くず》して抱き上げた。

気のせいか不破の眼は赤くなっているようにも見えた。だが、龍之進は茜の頭に拳骨《げんこつ》をくれた。

「知らない人について行くなと言っておろうが。この馬鹿者!」

龍之進は安心すると茜に怒りを露《あら》わにした。

茜は火が点いたように泣く。その泣き声は伊三次の鼓膜《こまく》が破れそうなほど激しかった。こちらも伊与太の比ではなかった。

船から降りたおよしに、龍之進は醒《さ》めた眼で訊いた。

「名を名乗れ」

「よしです」

「年は幾つだ」

「十三です」

およしは俯《うつむ》いたまま、低い声で応えた。

「十三にもなって善悪の区別もつかないのか!」

龍之進はおよしの頬を張った。伊三次は慌てて龍之進を止めた。

「坊ちゃん、堪忍しておくんなせェ。およしは悪い娘じゃありやせん。やむにやまれずやったことですから」

伊三次はおよしを庇《かば》わずにはいられなかった。だが、およしは伊三次の手を振り払い、きッと龍之進を睨んだ。

「幾らでも殴ったらいい。それであんたの気が済むのなら。何よ、あんたの馬鹿にした眼。まるで汚いものでも見るみたいに。ああ、そうともさ、どうせあたいは、まともな娘じゃない。もうすぐ岡場所に売られる身の上だ。悪事を働こうが働くまいが、とどの詰まりはどん底の暮らしが続くんだ。へん、あんたなんかに、あたいの気持ちがわかってたまるか。八丁堀の小坊主《こぼうず》！」

およしは堰《せき》が切れたように悪態《あくたい》をついた。

龍之進は眼を丸くして驚いている。不破が愉快そうに笑った。

「八丁堀の小坊主はよかったな。だが、およしよう、拗《す》ねてみたって仕方がねェ。お前ェを喰いものにした親は裁《さば》きを受けることになる。もう、お前ェを勝手にすることはできねェ。これからはお前ェの才覚で生きて行くんだ。見たところ意地はありそうだから、お前ェならきっと世間の冷たい風に耐えて行けるというもんだ。どうだ、今までは地獄だったろう？　もう地獄の四丁目は過ぎたぜ。これからは上向きだ。そう考えりゃ、世の中、捨てたもんでもねェ。調べが済んだら、お前ェの世話をしてくれる者がやって来るはずだ。そいつは行儀も仕込んでくれるだろう。言うことをよく聞いて、まともな女になりな」

不破はおよしに笑顔で言った。およしは唇を嚙み締め、必死で泣くまいと堪えていた。泣けば、まるで自分が負けだと言わんばかりに。

伊三次はおよしの肩に腕を回した。

およしは、たまらず伊三次の胸に顔を埋《うず》めたけれど、なお、泣き声を立てまいとがんばっていた。

五

かどわかされた子供達は茜を含めて十三人だった。しょっ引《ぴ》いた男達とおよしは新場橋の近くの三四《さんし》の大番屋へ連行され、子供達は鎧の渡し近くの大番屋へ送った。すぐさま、親達が駆けつけて来るだろう。

大掛かりな子供のかどわかしは日向《ひゅうが》地方の藩が関係しているようだった。藩ぐるみで子供を攫い、まずは大坂へ向かい、そこから船を乗り換えて日向まで連れて行くという。

男の子は藩内の労働力として、また女の子は成長した後、遊廓に送り込むという目的だった。大名の処分は幕府に委《ゆだ》ねられるが、この事件の後、江戸では夕方になっても家に戻らない子供に対し、親は「日向の人買い船に連れて行かれるよ」と、脅すのがもっぱらになった。

詳しい藩の名は伊三次に知らされなかったが、日向地方の人々にとっては、甚だ不名誉な風聞だった。

およしの両親も牢に収監された。自分の子供だけでは喰い足らず、他の子供達にも悪の手を伸ばした罪は重い。恐らくは死罪の沙汰《さた》となるであろう。

およしと妹のおかずは町預けとなった。子心《こごころ》で無分別にした行為だとしても、その罪は消えない。十五歳を待って処罰されることになるだろう。死罪を科さないのが、奉行所の温情である。伊三次はおよしの今後のことを考える度に気が滅入った。お文が、それ見たことかと詰《なじ》らないのが、僅かな慰めだった。

不破の非番も、伊三次のつかの間の休みもふいになったが、大事に至らなくてつくづくよかったと、伊三次は不破と改めて話し合った。茜の養育に疲れを見せていたようないなみも、あれ以来、しゃきっとなった。母親としての責任を強く感じている様子が伊三次をほっとさせた。

霜月は浅草の鷲《おおとり》神社で酉《とり》の市が開かれる。

毎年、酉の日には鷲神社を訪れ、縁起物の熊手《くまで》を求めるのが伊三次とお文の恒例だった。二人は伊与太を伴い、二の酉の日に鷲神社を訪れた。神社の境内では、熊手の売り声と商談成立の手締《てじ》めが景気よく響いていた。

縁日は雨さえ降らなければ、一年三百六十五日、江戸の各所で開かれていた。とは言え、酉の市はまた格別で、境内は人であふれていた。

「伊与太、勝手にあちこち行くんじゃないよ。迷子になって、怖い小父さんに連れて行かれるかも知れないからね」

お文は伊与太に念を押す。

「うん」

伊与太は、返事だけはよい。だが、人出をあて込んだ露店も並んでいるので、伊与太はきょろきょろと落ち着きがない。

玩具屋、小間物屋、菓子屋、水菓子屋、飴細工、しんこ細工。新年の用意に御神灯具を売る店もあった。

本堂に参拝してから、お文は中ぐらいの熊手を二つ買った。一つは世話になっている前田のお内儀に進呈するつもりなのだ。派手な手締めをされると、伊与太も一緒になって掌を叩いた。

伊三次は、ものほしそうな伊与太に煎餅を買って与えた。本当は甘い飴を買ってやりたかったが、お文が虫歯を心配するのでやめた。

堅い煎餅は歯固めにもなる。伊与太は煎餅を食べている間は静かにしていた。

「喰ってる時だけおとなしくてよ」

苦笑混じりに言うと、お文は、「子供は皆んなそうさ。ついでにお前さんもね」と応えた。

三人は人に揉《も》まれるように歩いていたが、突然、伊与太は口から煎餅を離し、「おし！」と大きな声を出した。

「伊与太、どうしたえ」

お文が訊いても、伊与太は「おし」と叫ぶばかりだった。仕舞いには熊手を売っている店を指さした。

そちらへ眼を向けると、およしが羽織姿の初老の男と、その連れ合いらしい女と一緒に熊手を眺めている姿が眼についた。

「ああ、およしだな。お前ェ、よく覚えていたな」

伊三次は感心したように応えた。およしはまだこちらに気づいていない。一緒にいたのは町年寄の夫婦だろう。気晴らしに酉の市へおよしを連れ出したらしい。

およしは小ざっぱりとした恰好をしていた。

髪もきれいに結って、以前とは別人のように思えた。

「おーし！」

伊与太はさらに続けた。およしはようやく振り向いた。伊与太に気づくと唇が「あ」の形になった。

伊三次は笑顔で肯いた。

「知ってる人？」

連れの女がおよしに聞いている。およしは「ええ」と応え、伊三次に向かって頭を下げた。

「おし」

伊与太は、およしが自分の方へやって来るものと思い、盛んに名前を呼ぶ。およしの表情が歪んだ。およしは無理に笑顔を拵《こしら》え、そっと掌を合わせた。

（ごめんなさい。堪忍して。伊与太坊、もう、あたいのことは忘れて）

およしはそう言いたかったのだろう。

「伊与太、およしは忙しいんだってよ」

伊三次は宥める。お文も、「およしはお仕事があるんだよ」と、言い添えた。仕事と言えば伊与太は了簡《りょうけん》する。

「おしもと（お仕事）？」

「ああ、そうさ。大事なお仕事があるんだって」

お文はあやすように応えた。およしは二、三度振り返ったが、連れの二人に促され、本堂に向かって行った。

「あの娘、倖せだろうか」

お文はそんなことを言う。伊三次には、およしの心の傷がまだ癒《い》えていないようにも感じられた。無理もない。あれからまだ、幾らも日にちは経っていなかった。

「以前よりは、ましなんじゃねェか」

伊三次はおざなりに応える。

「妹がいたはずだが、一緒じゃなかったねえ」

「およしの妹は別の所へ預けられているんだろう」

「やっぱり、二人は離して置く方がいいのだろうか」

「さ、そいつはおれでもよくわからねェ。町年寄の考えもあることだし」

「ひどい親でも死罪になったらこたえるだろう。不憫《ふびん》だねえ」

およしの両親は年内にお裁きがあるはずだった。およしがその知らせをどんな気持ちで聞くのだろうかと考えたら、伊三次の胸は塞がる。泣くのを必死で堪えていたおよし。その薄い肩の感触が伊三次は忘れられなかった。

「伊与太を連れて行かなかったのはどうしてだろうねえ。わっちに邪険にされて恨んでいたはずなのに」

お文は解せない顔で続けた。

「さて、どうしてだろうな」

「一旦は茜お嬢さんと一緒に伊与太を連れ出したのに、鎧の渡しで思い直したのはなぜだろう。伊与太、泣いたんだろうか」

今となっては、およしがどうして心変わりをしたのか理由を知ることもできなかった。

およしは幼い子供を集めて船に乗せろと父親に命じられ、その通りにしただけと奉行所の役人に応えている。伊与太を置き去りにした理由まで役人も問うことはなかった。

「やっぱり、お前さんに優しくされて嬉しかったのが理由だろうか」

お文は妙にこだわっていた。

「おれ達にできることは……」

伊三次は口を開いて、すぐに言葉に詰まった。

「何んだえ」

お文は続きを急《せ》かす。だが、うまい言葉が出てこなかった。

「わっちはわかっているよ」

お文は訳知り顔で言った。伊三次はお文の顔をじっと見た。

「忘れてやることさ。あの娘はわっち等の顔を見る度に事件のことを思い出すだろう。だから、道で会っても知らぬ顔で通り過ぎることだ。向こうから声を掛けてきたなら、それはそれで結構だが、恐らくそんなことはないだろう」

「だな」

伊三次は低く相槌を打った。

鷲神社を抜け、日本橋まで舟で戻るつもりで三人は舟着場へ向かった。その日は、雪こそ降らなかったが、雲は厚く空を覆い、冷える日だった。

「伊与太、家へ帰ったら湯屋に行こうか」

伊三次は伊与太を誘った。

「うん」

伊与太は笑顔で応え、煎餅を翳《かじ》り出した。

途中、水溜りに氷が張っているのを見つけると、伊与太は小さな下駄で突いた。薄い白い氷は伊与太の狼藉《ろうぜき》に呆気なく砕《くだ》けた。

カシャリ、クシャリ、頼りない薄氷《うすらひ》が砕ける音は、なぜかおよしの心の叫びのようにも聞こえた。

（小父さん、あたいを買って）

およしはその言葉を口にするまで、どれほど思い悩んだろうか。自分を滅茶苦茶にしたいほど、およしの気持ちは切羽詰まっていたのだ。

佐内町でのつかの間の安らぎ。だが、それは、本当におよしを癒した訳ではあるまい。そう思うと、今更ながら伊三次は無力な自分を恥じた。もっと力のある男になりたいと心底、思う。

「お前さん……」

もの思いに耽《ふけ》る伊三次にお文は声を掛けた。

「ん？」

「もう今年も、あとひと月だ」

「ああ」

「正月の用意があるから、せいぜいお稼ぎよ」

「わかっている」

何か気の利いたことを言うのかと思ったら、これだ。まあ、それも町家の女房なら当然のことかも知れなかったが。

「来年、いいことがあるといいねえ」

お文は夢見るような表情で言った。

「伊与太は年が明けて三つだ。おれ達は三十一か。桃太郎姐さんは、ますます年増ぶりに拍車が掛かる」

伊三次はからかった。

「いけすかない。年増芸者にしているのはどこのどいつだ」

お文は、むっとした顔で伊三次を睨んだ。

伊三次は伊与太の身体を抱え上げ、肩車した。

伊与太は弾かれたような笑い声を立てた。


参考書目・「江戸のお白州」山本博文著（文春新書）

惜春鳥

一

江戸の芸者は正月中、黒紋付の裾《すそ》模様の着物、献上博多《けんじょうはかた》の帯、それに稲穂《いなほ》の簪《かんざし》を挿《さ》してめでたさを表す。彩《いろど》りは着物の下の緋縮緬《ひぢりめん》の蹴出《けだ》し。裾を捌《さば》いた拍子にちらりと見え隠れするのが色っぽい。伊三次の女房のお文《ぶん》も他の芸者衆と一緒にその恰好《かっこう》でお座敷をつとめていた。

初荷が済むと廻船問屋の主《あるじ》やら、魚河岸の旦那衆やら、商家の連中が新年の宴《えん》を開く。年が明けたので、とり敢《あ》えず今年もよろしくということだ。だが、ついひと廻り（一週間）前には年忘れの宴と称して賑やかに料理茶屋で一年を締め括《くく》ったはずだ。彼等にすれば去年は去年、今年は今年ということなのだろう。男は何《な》んの彼《か》のと理由をつけて酒を飲みたがる生きものらしい。まあ、それがあるから芸者もお茶を挽《ひ》かずにいられるというものだが。

商家の主と言っても商いのよしあしで懐《ふところ》具合はもちろん違う。芸者衆へ派手に祝儀をばら撒《ま》く者がいるかと思えば、本当は宴会など出たくないのだが、同業のつき合いで渋々出席している者もいる。そういう輩《やから》は余計な掛かりを増やしたくないので、当然、祝儀には知らん顔だ。お開きの時間を盛んに気にして、会が終われば我《われ》先に茶屋の玄関へ向かう。二次会へ誘われるのを避けるためだ。

そんな客を芸者衆はしみったれだと扱《こ》き下ろすが、廻り髪結いを亭主に持つお文は無理をして体面を繕《つくろ》っている商家の主に、つい同情を寄せてしまう。祝儀を出せない客に対しても他の客と同様に接していた。

たいていはお文が相手してくれることを喜び、機嫌よく酒を飲んで帰るのだが、中にはお座敷の礼儀をわきまえない客もいた。

その夜は呉服屋組合の新年会だった。およそ三十人ほどの客が大広間に顔を並べていた。羽振りのよい日本橋の大店「越後屋《えちごや》」「尾張屋《おわりや》」の主に混じり、末席にいたのは四十がらみの男だった。暮の年忘れの会は掛取《かけと》りに忙しく出席することができなかったとお文に語った。

呉服屋組合の宴には何度も呼ばれていたが、その男の顔を見るのは初めてだった。紋付羽織は仕立て下ろしのようだったが、その下の着物は羽織に比べてしおたれていた。

「よろしかったらお店《たな》の名をお教え下さいましな」

お文は酌《しゃく》をしながらさり気なく訊《き》いた。

「手前は小網町《こあみちょう》で『佐野屋《さの》』という店を商っております。佐野屋四郎兵衛《しろべえ》でございます。よろしくお願い致します。何しろ、このような派手な席は初めてでございますので、どうしてよいかわかりませんよ」

四郎兵衛はいかにも間《ま》が持てないという様子で言った。色黒で眉毛がやけに濃い。おどおどした表情は主としての貫禄に欠けていた。

「わっちは桃太郎でござんす。こちらこそよろしくお願い致します」

お文はにこやかな微笑を浮かべて応えた。

「失礼ながら姐《ねえ》さんは、本日の芸者さんの中では年上のようですな」

芸者は五人が揃っていたが、四郎兵衛の言うようにお文が一番年長だった。一番若い小菊《こぎく》が十八で、それから二十歳になった花扇《かせん》、二十三の梅奴《うめやっこ》、勝奴《かつ》。五人は皆、日本橋の芸妓《げいぎ》屋「前田」の抱えの芸者だった。

宴が開かれていた座敷は二間続きで、襖《ふすま》を隔《へだ》てたもう一つの部屋には金屛風《きんびょうぶ》が回してある。そちらは芸者衆の踊りの舞台用だった。

小菊と梅奴、勝奴が踊りを披露した時、お文は三味線を弾《ひ》き、花扇は太鼓を打った。その時は四郎兵衛も手拍子を打って楽しそうに見えた。

「ええ、年増《としま》芸者で申し訳ありません」

お文は悪戯《いたずら》っぽい顔で言う。

「色々、事情があるのでしょうな。そのお年でお座敷に出るところは」

四郎兵衛に悪気はなかったのだろうが、お文は内心でむっとしていた。芸者の身の上を詮索するのは愚の骨頂である。

お文は勝奴を呼んだが、勝奴は四郎兵衛に一度だけ酌をすると、すぐに上座の客の方へ戻ってしまった。四郎兵衛は鼻白《はなじろ》んだ表情で「ちゃんと羽振りのいい客のことを心得ているよ」と、皮肉な口調になった。

「今どきの若い者は芸者に限らず礼儀をわきまえないのが多くて困りますよ」

お文は取り繕うように四郎兵衛の盃《さかずき》に銚子の酒を注《つ》いだ。

「わたしは越後屋の旦那から暖簾《のれん》分けされたんですよ。昨年の春まで番頭をしておりました」

「それはそれは。晴れてお店の旦那でござんすね。おめでとうございます」

お文は四郎兵衛を持ち上げるように言った。

「店を構えた途端、越後屋の旦那から組合に入れと勧められました。曲がりなりにも店の主になったのだから、同業者と顔つなぎして置くことも必要だと諭《さと》されました。それもそうだと言われた通りにしましたが、やれ、花見だ、月見だ、紅葉《もみじ》狩りだと飲み会が続き、正直、弱っております。余分な金があるのなら仕入れに回したいと思っておりますので。何しろ、まだ借金だらけなんですよ」

四郎兵衛は自分の事情を語る。

「でも、おつき合いからご商売の糸口が生まれることもござんすから、旦那、少々のことには目を瞑《つぶ》らなければ」

お文は親切心で忠告した。だが四郎兵衛は「とんでもない」と眼を剝《む》いた。

「裏店住《うらだな》まいの客を相手に細々と商売をしている店に、そんなことがあるものですか」

吐き捨てるような言い種《ぐさ》だった。それほどいやなものなら無理をして出てくる必要もないだろうと思ったが、それを言ってはお仕舞いである。

「ささ、旦那。愚痴はそのぐらいでお飲み下さいまし。せっかくいらしたんですから楽しまなきゃ損ですよ」

お文は景気をつけるように銚子を差し出した。だが、四郎兵衛の愚痴は止《や》まなかった。

「若い芸者は向こうに行って、わたしの相手をしてくれるのは年増の姐さんだけですか。やれやれですな」

さすがにお文の顔色は変わった。四郎兵衛の隣りに座っていた京橋の「丹後屋《たんご》」という店の若旦那も呆れた顔で四郎兵衛を見ていた。

「それは悪うございました。わっちがお気に召さないようですので、これで……」

お文は一礼して席を立った。茶屋の内所《ないしょ》（経営者の居室）でお内儀《かみ》に文句の一つも言いたかった。

「こらこら、桃太郎、どこへ行く」

ほろ酔いの尾張屋の主がお文の袖を引いた。

「いえね、年増芸者はお呼びじゃないので、後は若い者に任せようと思いましてね」

「何を言ってる。元は辰巳芸者の文吉《ぶんきち》が日本橋に来てくれたんだ。粗末にしたら罰《ばち》が当たる。ほれ、機嫌を直せ」

五十歳の尾張屋庄兵衛はさすがに如才ない。お文の懐に祝儀袋をねじ込み、盃を押しつけて酒を注いでくれた。お文はそれをいっきに喉に流し入れた。庄兵衛はうっとりした顔でお文を見つめた。

「相変わらず、いい飲みっぷりだ」

「やんや、やんや」

周りも掌《て》を叩いて喜ぶ。

「旦那、年を取るのって悲しいものですね。わっちはこの頃、つくづく思いますよ」

「んなことがあるもんか。桃太郎はいつまでも若いぞ。十八にしか見えん」

庄兵衛は大袈裟に言う。

「あーら旦那。姐さんが十八ならあたしは幾つなの？」

花扇が拗《す》ねたように訊いた。

「お前は……まだ赤ん坊だよ」

キャハハと花扇はけたたましい声を上げた。

会がお開きになると、前田に戻る四人と茶屋の前で別れ、お文は佐内《さない》町に足を向けた。凍《い》てつく夜空には金剛石《こんごうせき》のような星が光っていた。

芸者は若さが身上《しんじょう》か。お文は皮肉な気持ちにもなっていた。つかの間、この商売を辞めたいという思いが胸をよぎった。

伊三次が髪結い床を構えられなくてもいい。贅沢さえしなければ暮らしてゆける。お座敷で年増扱いされるのには、いい加減うんざりだった。

裏口から家に入ると、茶の間には行灯《あんどん》がともっていた。真っ暗な家に戻るのはいやだろうと、お座敷のある夜は、そうして伊三次は灯りを点《つ》けていてくれる。心底、ありがたいと思う。

着物の裾を捌いて茶の間に上がり、長火鉢の前にそっと腰を下ろした。鉄瓶に手を触れ、熱いことを確かめると、お文は茶を淹《い》れた。

それから煙管《きせる》で一服点けた。着替えをする前にひと息つきたかった。煙管の煙を吐き出した時、湿った咳《せき》が出た。いやだ、年寄りのよう。お文は思わず顔をしかめた。

お文の咳が大きかったのだろうか。茶の間と続いている奥の間の襖ががたぴしと鳴り、息子の伊与太が顔を覗《のぞ》かせた。

「おや、起こしてしまったかえ。堪忍《かんにん》しておくれな」

お文は伊与太に声を掛けた。うんしょ、うんしょ、伊与太は掛け声を入れて襖を開けると「かしゃん（おっ母さん）」と、お文の傍《そば》に来て嬉しそうに笑った。

「ただいま」

お文は伊与太に笑みを返した。

「かしゃん、チッチ」

伊与太は乳をねだる。

「おっ母さんはひと息入れてるところだ。お着替えしたら一緒にネンネしよう。それまでお待ち」

「うん」

伊与太は素直に応えて長火鉢の横に座った。

茶を飲み干し、煙管の雁首《がんくび》を打つと、お文は着替えをするため腰を上げた。伊与太はお文をじっと見ている。

「何んだえ」

伊与太の眼がきらきらと光っていた。これから寝かせるのは少し骨だろうとお文は思った。

「かしゃん、きれえ……」

伊与太はぽつりと呟《つぶや》いた。

「え？」

どこで「きれえ」を覚えたのだろう。帯締めを解くお文の手が止まった。

「わっちがきれえ？」

「うん」

「それはおかたじけだねえ。そんなにきれえかえ」

「いっち、きれえ」

伊与太は「いっち」という言葉に力を込めた。滅法界《めっぽうかい》もなくお文は嬉しかった。他人が年増だと扱き下ろしても、息子がきれえと言ってくれた。これ以上の褒《ほ》め言葉があるだろうか。

寝間着に着替え、流しで顔を洗っていると不意に涙が込み上げた。お文は涙と一緒に化粧を洗い流した。伊与太はお文が後始末を済ませるまで、おとなしく待っていた。

二

昨夜はやけに冷えると思ったのも道理で、外はうっすらと雪が積もっていた。

八丁堀亀島町《かめしまちょう》の一郭《いっかく》にある不破友之進《ともののしん》の家の庭も雪化粧されていた。

娘の茜《あかね》の着替えを済ませたいなみは夫と息子を起こすために腰を上げた。そろそろ髪結いの伊三次がやって来る時刻だった。

「冷えますねえ、奥様」

女中のおたつが鍋の蓋《ふた》を開けながら言う。汁の鍋は白い湯気を盛大に上げた。

「そうね。三が日はあれほどお天気がよかったのにどうしたことでしょう。松助は起きているでしょうね」

いなみは中間《ちゅうげん》の松助を気にする。松助は下男の作蔵が亡くなってから余計な仕事が増え、少し疲れている様子だった。下男はまだ見つかっていなかった。

「さきほど門の前を掃除していましたよ」

「そう」

肯《うなず》いた途端、その松助の大袈裟な声が聞こえた。

「お嬢さん、どうするんだよう。あーあ、きれいなおべべが台無しだ」

いなみは長い吐息をついた。茜は目を離した隙《すき》に外へ出てしまったらしい。

「連れて参りましょう」

おたつは、はっとした顔で言った。

「放っておおきなさいまし」

いなみは吐き捨てるように言った。茜に構っていたら、夫の仕度ができなくなる。

「うへえ、お嬢さん！」

伊三次の声も聞こえた。「ややや」という弟子の九兵衛《くへえ》の呆れた声が重なった。

いなみは生ぬるい湯を入れた桶を不破の部屋へ運んだ。その時、庭にいる茜の姿が目に入った。茜は庭に寝転がっていた。白い雪に気持ちを奪われ、思わずそうしてしまったのだろう。積もったと言っても、ほんの一寸足らずの雪では、その下の土にまみれる。土は雪の湿り気を吸ってほとんど泥状態だった。

「たはッ！」

騒ぎに気づいた不破が障子を開け、茜の姿に驚いている。

「父《とと》、雪こんこん」

泥まみれの茜は嬉しそうに不破に教えた。

「雪こんこんじゃねェわ。泥だらけだろうが」

「ちゃう、雪こんこん」

茜は不破の言葉を強く否定した。顔が上気していた。

着替えを済ませてやって来た龍之進《りゅうのしん》は茜を見て舌打ちした。

「大馬鹿者！」

龍之進は大音声《だいおんじょう》で怒鳴った。茜はびくっとして龍之進を見た。唇がわなわなと震《ふる》え、ついで耳をつんざくような泣き声を上げた。

「あれあれ、お嬢さんは、ついでにおもらしもしたようですよ」

九兵衛は茜の足許《あしもと》を見て言う。

「九兵衛ちゃん、茜のことはいいですから龍之進さんの頭を早く」

いなみは九兵衛を急《せ》かした。月代《さかやき》をぬるま湯で浸《ひた》すのは九兵衛の役目だった。

「へ、へい。ですが、このままじゃ……」

「二人がお役所に出かけてから茜の始末をゆっくり致します。気にしないで下さいまし」

いなみは怒ったような口調で九兵衛を制した。

「おう、茜。どうせ着替えをするんだから、存分に転がりな」

不破はそんなことを言う。

「あなた……」

いなみは呆れ顔をした。

「やれ、やれ」

龍之進も仕舞いには苦笑した。それを聞いた茜は唐突に泣き声を引っ込め、まだ足跡のついていない場所へ移動した。

「雪こんこん、雪こんこん」

無邪気に呟きながら大の字になった。

「とんだつわものだの」

不破は苦笑して言う。伊三次は茜を気にしながら、いつも通り不破の肩に手拭いを掛け、髪を結う準備を始めた。

「茜お嬢さんは片岡様の若奥様のようになるんでしょうかねえ」

伊三次は茜の将来の姿を想像して言う。

吟味《ぎんみ》方《かた》与力、片岡郁馬《いくま》の娘の美雨《みう》は剣術の腕が立ち、娘時代は大層勇ましかったものだ。

「なに、美雨殿は引っ込み思案の子供での、片岡様がその性格を直そうとして道場に通わせたそうだ。最初はいやがっていたのよ。だが剣術が性《しょう》に合っていたようで、その内、めきめきと腕を上げた。引っ込み思案もいつの間にか直ったが、ちと薬が効き過ぎたきらいもあるな」

「ですが監物《けんもつ》様が養子に入られ、若奥様も今年の春にゃ母親になられる。旦那、茜お嬢さんだって、それなりに娘らしくなりやすよ」

「それなりにか。しかし、あれじゃあな」

不破が顎《あご》をしゃくった。茜の頭は無残に崩れ、泥の雫《しずく》が顔を伝っている。立ち上がり、足踏みすると、着物からもぽたぽたと泥の雫が落ちた。茜はそれを楽しんでいる。寒くはないのだろうかと伊三次は心配になった。

おたつが見かねて庭に飛び出し、茜を横抱きにして台所に連れて行った。茜は抵抗して足をばたつかせ、悲鳴を上げた。

「誰に似たんでしょうか」

意気消沈した龍之進の声が聞こえた。

「さてな」

不破はとぼける。いなみは小意地の悪い眼で不破を見た。

「坊ちゃん、んなこと決まっていますよ」

九兵衛が口を挟《はさ》む。龍之進はぷッと噴《ふ》いた。

「伊与太はおとなしくていいよな。伊三次さん、取り替えますか」

龍之進は冗談混じりに言う。伊三次は返答に窮して空咳《からせき》をした。

「ま、病《やまい》がちの子供よりましですよ。子供は丈夫が一番」

九兵衛の言葉に男達は情けない顔で笑った。

いなみはものも言わず台所に下がった。


伊与太は表戸に凭《もた》れて九兵衛の帰りを待っていた。伊三次はそのまま他の丁場《ちょうば》（得意先）へ行ってしまうが、九兵衛は戻って来ると家の手伝いの合間に伊与太と遊んでくれる。一人っ子の九兵衛は伊与太を弟のように可愛がった。

家の前には人の足跡が点々とついている。伊与太が雪の上に下駄の片方を踏み出すと二の字の跡がついた。それがおもしろくてもう一歩踏み出す。さらにもう一歩。だが、下駄の歯には雪が重く絡《から》まる。平衡《へいこう》を失い、たちまち尻餅をついた。

「かしゃん」

声を掛けるも母親に届かない。立ち上がった途端に今度は前のめりになった。着物の上の油掛け（前垂れのようなもの）が濡れた。

泣きべそを掻いた時、伊与太の身体がふわりと浮いた。九兵衛が抱き上げてくれたのだ。

「おえ（九兵衛）」

伊与太は安心して泣き声を上げた。

「おかみさん、伊与太坊が外で転びました。着替えさせて下さい」

九兵衛は家の中のお文に呼び掛けた。

「あらあら。伊与太、外へ出ちゃ駄目だと言ったじゃないか」

台所にいたお文は眉間に皺《しわ》を寄せて叱った。伊与太はさらに泣いた。

「おかみさん、大目に見てやっておくんなさい。これでも茜お嬢さんより、よほどましというもんです」

ぷりぷりして着替えを出すお文に九兵衛は言った。

「茜お嬢さんがどうしたえ」

お文は怪訝《けげん》な顔になった。九兵衛はその朝の茜の様子を詳しく語った。

「全く不破の奥様もお気の毒だよ」

お文は吐息混じりに言った。

「それに比べて伊与太坊はできた方《ほう》だ」

「九兵衛、茜お嬢さんと比べても始まらないよ」

「それもそうですが……」

「ぐずぐずしてると昼になっちまう。九兵衛、わっちは今夜もお座敷がある。早めに晩飯の仕度をするから伊与太をおぶって買い物に行っとくれ」

「へい」

お文は伊与太の着替えを済ませると九兵衛の背中に、伊与太を括りつけ、買い物籠《かご》と小銭の入った巾着《きんちゃく》を手渡した。外に出られるとわかると伊与太は九兵衛の背中で嬉しそうに身体を揺すった。

「うるせって」

九兵衛は焦《じ》れた声で伊与太を制した。

三

その夜のお座敷は室町《むろまち》の小路にある老舗の料理茶屋「花菱《はなびし》」だった。花菱は江戸前の海で獲《と》れる活きのいい魚を食べさせる見世《みせ》として評判が高かった。冬場は刺身を楽しみにする客が多い。

客は六人と少人数だったが、各々の膳が並べられた他に大きな船盛りの刺身が提供されて豪勢なものだった。客の中に翁屋八兵衛《おきなやはちべえ》の顔があった。八兵衛はお文の家の近所にある箸屋《はしや》を営む男だった。家業の他に借家を何軒も持っている。九兵衛が住んでいる裏店《うらだな》もこの八兵衛が家主だった。

「旦那」

お文は八兵衛に気づくと嬉しそうに傍へ座った。

「いや、これはお文さん。お久しぶりというより、新年のご挨拶がまだでしたな。おめでとうございます」

八兵衛は温顔をほころばせてお文に頭を下げた。

「あい、おめでとう存じます。本年も何卒よろしくお願い致します」

お文もにこやかに返礼した。その後で「旦那、ところで本日はご同業の集まりですか」と続けた。

翁屋は箸の他に折り詰に使う経木《きようぎ》の箱なども扱っているが、同業者は、江戸にそう多くない。翁屋は、ほとんどこの商売を独占していると言っても過言ではなかった。

「商売抜きだよ。皆、子供の頃からの友達だ」

「まあ……」

お文は羨《うらや》ましい気持ちで他の五人の客を眺めた。そろそろ還暦を迎える八兵衛と同じような年頃の男達が楽しそうに酒を酌《く》み交《か》わしていた。

「お互い忙しい身の上だが、年に一度は会おうと約束しているんだよ。だが、年々、櫛《くし》の歯が欠けるように顔ぶれが少なくなる」

そう言った八兵衛は寂しそうだった。

「八兵衛、この姐さんと知り合いかい。お前さんも隅に置けない」

隣りに座っていた男が声を掛けた。胡麻《ごま》塩頭は髪の量も少なく、髷《まげ》も細い筆のようだ。だが、着物も羽織も上等の品物に見えた。

「この人はうちの近所に住んでいるんだよ。ご亭主は髪結いをしていてね、わしも時々世話になっているんだ」

「芸者を女房にしている髪結い？　そいつは珍しい」

男は目を丸くした。

「何を驚くことがある。孫六《まごろく》に比べりゃどうってこともない」

八兵衛は斜め向かいに座っている男に顎をしゃくった。そちらはまだ髪も黒々としていて顔色もいい。

「そうだよなあ」

「お文さん、この男は本石町《ほんごく》で菓子屋をしているんだよ。『末広屋《すえひろ》』と言ってね、店の構えは小さいが栗の入った最中《もなか》がうまいんだ」

八兵衛は隣りの男の素性を明かした。

「店の構えが小さいは余計だ。姐さん、末広屋善次《ぜんじ》ですよ。以後、お見知り置きを」

善次は悪戯っぽい顔で笑うと、さり気なく小さな祝儀袋をお文に握らせた。

「畏れ入ります。わっちは桃太郎でござんす。亭主は菓子が好きでしてね、その内にお店に寄らせていただきますよ」

お文は如才なく言った。

「嬉しいなあ。ほれ、姐さん、お近づきに一献《いっこん》」

善次はお文に銚子を差し出した。ありがたくそれを受けてから「旦那、あちらの旦那は確か深川の佐賀町にある『魚干《うおかん》』さんじゃありませんか」と訊いた。

「おや、姐さんは知っていたのかい」

善次は驚いた顔になった。

「ええ。わっちは深川に長くいたものですから。でも魚干さんは一昨年、お気の毒にお内儀さんを亡くされたと聞いておりました。お元気そうで安心しましたよ」

「何がお気の毒なもんか。あいつはわが世の春さ。おい、孫六、手前《てめ》ェ、倖せだろう」

善次はやけのように声を張り上げた。

「倖せだよう」

孫六は脂下《やに》がった顔で応えた。怪訝な顔をしているお文に八兵衛は「奴は去年、後添《のちぞ》えを迎えたんだよ。それも三十も年下の女だ」と囁いた。

「まあ……」

顔の色艶がいいのはそのせいかと思った。

「それはかりじゃないよ。あんた、子供まで生まれるんだよ」

子供が一人前になるまで孫六は果たして無事に生きていられるのだろうか。だが、孫六はそんなことには少しも頓着《とんちゃく》していないふうだった。

「まあ、うちの親父ぐらい長生きなら余計な心配はいらないが」

八兵衛の父親は九十になる。

「大旦那様はお元気でいらっしゃいますか」

そう訊くと八兵衛は「いやあ……」と居心地の悪い顔になった。

「暮に風邪を引いてね、まだ寝込んでいるよ。そろそろ覚悟を決めなければと思っている」

「そんな」

死ぬことなど忘れたかのような翁屋九兵衛の顔がお文の脳裏をよぎった。伊三次の弟子の九兵衛と同じ名である。九兵衛が生まれた時、翁屋九兵衛は自分の名を与えたのだ。

「親父は十分に生きたよ。この辺《あた》りで楽にしてやりたいよ。この間、わしにしみじみ言ったものさ。もう一度生まれ変わっても箸屋をやるってさ」

「まあ……」

「それで、また、わしの父親にもなるってさ」

お文の胸が塞《ふさ》がった。八兵衛もたまらず手巾《しゅきん》で口を覆《おお》って咽《むせ》んだ。

「旦那は果報者ですよ。これほどてて親に可愛がられて」

お文はもらい泣きしながら応えた。八兵衛は子供のようにうんうんと肯いた。

「何んだい、何んだい。正月からめそめそしちゃって。桃太郎、お前が悪いよ。芸者なら客を笑わせなきゃいけないよ」

善次は湿っぽい空気を追い払うように景気よく言った。しゅんと洟《はな》を啜《すす》ってからお文は笑った。

「あいすみません。本当にそうですね。お説教を喰らわないように、ひとつ、深川仕込みの男踊りをご披露しましょう。梅奴、調子をつけておくれな」

お文は孫六の相手をしていた梅奴に言った。

「あい、姐さん。息切れしないようにね」

「馬鹿におしでないよ。この桃太郎、まだまだ若い者に負けるものか」

「よッ」

八兵衛も笑顔で合いの手を入れた。


帰りは八兵衛が家まで送ってくれた。

「旦那、本日はありがとうござんした。久しぶりに気分よくお座敷をつとめさせていただきましたよ」

家の前まで来て、お文は頭を下げた。

「そうかい。そう言ってくれるとわしも嬉しいよ」

「近い内に大旦那様のお見舞いをさせていただきます」

「なになに、そんな気遣《きづか》いはいらないよ」

八兵衛は鷹揚《おうよう》に応えて去って行った。

お文が早咲きの梅の花を届けてから間もなく、翁屋九兵衛は息を引き取った。まるで眠るような最期《さいご》だったという。

四

同僚の古川喜六《きろく》と見廻りを済ませた龍之進は中食《ちゅうじき》のために一旦、奉行所に戻った。務めに上がってようやく一年が過ぎた。無足《むそく》見習いの無足が取れ、今年から僅かながら手当がつく。龍之進も朋輩《ほうばい》達も大層楽しみにしていた。

廊下を歩いていると例繰方《れいくりかた》同心の用部屋に付属している書庫から西尾左内《さない》が出て来たのに気づいた。手には書き付けらしいものを持っている。左内は浮かない表情だった。

「西尾さん」

龍之進は気軽に声を掛けた。顔を上げた左内はつかの間、笑顔になり「ご苦労さん」と返答した。

「午前中はずっと調べ物をしていたのですか」

少し疲れた様子の左内に龍之進は気の毒そうな眼を向けた。

「ああ。片岡さんには渋い顔をされたが、どうにも気になることがあったから」

左内がそう応えると、龍之進は「それは無頼派《ぶらいは》に関することですか」と、幾分、声を抑《おさ》えて訊いた。本所無頼派と称される一味を見習い組は密かに捜索していた。

「うむ……」

「何かわかりましたか」

「いや、腑《ふ》に落ちないことが多くて往生しているよ」

「腑に落ちないこととは？」

「ここでは何んだ。皆んなが揃ってから話をするよ」

左内は言葉を濁した。

見習いの指導を任せられている片岡監物が午後からの段取りをあれこれ命じて部屋を出て行くと、見習い組の六人は車座になった。

今月は南町奉行所が月番なので、務めにも幾分、弛《ゆる》みがある。とは言え、見習い組は相変わらず雑用を命じられることが多かった。

「左内、思っていることを話せ」

緑川鉈五郎《なたごろう》が重々しく言った。

「当初、無頼派は、ただ単に騒ぎを起こして喜んでいるだけのことと我等は考えておりました。ところが長倉駒之介《ながくらこまのすけ》が脱退すると奴等は資金操りに頭を悩ますようになりました。それは首謀格の薬師寺次郎衛《やくしじじろうえ》が小泉あぐりという娘を吉原に売り飛ばそうとしたことでも明白であります。これからの奴等の行動は以前と形を変えて行くだろうと推察されます」

長倉駒之介は旗本三千石、長倉刑部《ぎょうぶ》の息子で、ついこの間まで無頼派の一員だった。家が富裕なので何かと無頼派に資金を提供していた様子があった。

あぐりの名が出て龍之進はちくりと胸に痛みを覚えた。

「形を変えるとは？」

だが、春日多聞《たもん》は、龍之進の気持ちに微塵も気づく様子はなく、怪訝な顔で左内に訊いた。

「目的はずばり、金となるでしょう」

つかの間、沈黙が流れた。

「奴等が押し込みでも働くというのか」

しばらくして鉈五郎が口を開いた。

「考えられます」

左内はきっぱりと応える。

「次郎衛を含む三人は旗本だから奉行所の手が及ばぬ。すると残る二人を責めろってことだな。そいつ等から口書き《くちが》（白状書）を取れば、おのずと後の三人の所業も明白となる」

橋口譲之進《じょうのしん》は当然のように口を挟《はさ》んだ。

「ところが、そう簡単には行かないのです」

左内は譲之進の考えを即座に否定した。

「これは去年の秋からの無頼派の行動記録です。市中を騒がせた咎《とが》で、捕まれば所払《ところばら》いは喰らうはずです」

左内は写した書き付けを車座の前に拡げた。

「十月二十五日、本所無頼派、上野山内にて騒ぎを起こす。土地の御用聞き、数名駆けつけるも、その前に逃亡。

十一月三日。日本橋魚河岸にて、空き箱、空き樽《だる》、路上に放置されているのが発見さる。その様《さま》、野分《のわき》の後のように見受け候《そうろう》。このような所業をなせしは本所無頼派と推測す。

十二月二十日。両国広小路の芝居小屋の下男、襲われる。下男の話では、賊《ぞく》はたっつけ袴《ばかま》、筒袖、頭巾《ずきん》を装着した男達なり。下男、殴られし上、紙入れを奪われる。およそ四百文。これも定めし本所無頼派ならん。

一月七日、両国橋橋詰めの床見世《とこみせ》（住まいのつかない店）叩き壊さる。数日前、この床見世の主と武家らしき若者、口論す。意趣《いしゅ》返しなるか。小間物その他、奪われる」

「結構、悪どいではないか。これでも奉行所は見て見ぬ振りをするつもりであろうか」

鉈五郎は首を傾《かし》げた。

「無論、訴えにより奉行所を通してお目付《めつけ》の調べはあった模様ですが、確たる証拠のないまま引き上げております。わたしが疑問に思うのは、この日付《ひづけ》です」

「日付がどうした。何も疑問の点はないではないか」

譲之進は何が腑に落ちないのだという顔で言う。

「皆、奉行所で何等かの行事があった日ですね。いつもより警備が手薄になる時を選んで行動を起こしております」

龍之進は即座に応えた。それは北町奉行の役宅に各々与力が集まり、会食をしながら会議を開く日だったり、五節句などで奉行が長く江戸城内に留め置かれる日だったり、あるいは役人同士の寄合が開かれた日だった。

「いかにも」

左内は大きく肯いた。

「奉行所内で無頼派と通じている奴がいると西尾さんは考えているのですか」

龍之進は確かめるように訊く。

「はっきりとは言えませんが」

「わたしではありません。決してわたしでは」

喜六が慌てて言った。

「古川さん、誰もあなたのことを疑っておりませんよ」

龍之進はさり気なく喜六を制した。

「そうかな」

鉈五郎は疑い深い眼を喜六に向けた。

「鉈五郎！」

多聞は呆れたように声を上げた。

「おぬしの言いたいことはわかっておる。仲間を疑うなと言いたいのだろう。おれはただ、確かめておるだけだ。喜六、天地神明に誓って己れではないと言えるか」

「むろん」

喜六は憤《いきどお》った声で言った。

「よし」

鉈五郎は何事もない顔で応えた。何がよしだと龍之進は内心で思った。

「西尾さん、向こうと通じている人物に心当たりがありますか」

龍之進は直截《ちょくせつ》に訊いた。左内は言葉に窮して黙った。

「誰です？」

龍之進がつっと膝を進めると、他の者もじっと左内の分別臭い顔を凝視した。

左内は「これはあくまでもわたしの憶測です」と、念を押してから、

「例繰方の梅田さんです」と、応えた。ほう、という声が一同から洩れた。

梅田瀬左衛門《せざえもん》。例繰方の重鎮、奉行所の生き字引と称される人物である。そろそろ還暦も近いが奉行はなかなか致仕《ちし》（隠居）を許さず、また、彼自身も、もう年だと謙遜《けんそん》しながらまだまだ役目は続けたい様子だった。

「なぜ、そう思ったのですか」

龍之進は驚きを抑えて左内に訊いた。

「あの人の娘は長倉刑部の屋敷の女中をしております。大層、おきれいな人らしいです。長倉家からは何かと援助を受けている様子もありました。梅田さんが長倉家を大事に思う理由です」

「長倉刑部がそれとなく駒之介のことで梅田さんに相談していたのはそれで察しがつく。おそらく無頼派から駒之介を脱退させるについても奴が絡んでいたのだろう」

銈五郎は吐息混じりに言った。

「しかし、駒之介が脱退した今、もはや悩みの種もなくなったはず。何ゆえ今でも無頼派を庇《かば》うのだろうの」

譲之進は素朴な疑問をぶつける。

「珍しく鋭いな。おれもそう思った」

多聞は譲之進を持ち上げた。

「梅田さんの一番下の娘さんはまだ十五です。その娘をどこかの武家屋敷に行儀見習いを兼ねて奉公させようと梅田さんは考えております。これはわたしの母から聞きました。そうなると娘の仕度をするためにお金がいるでしょう。それをどのように工面するのか、わたしは気掛かりなのです」

「もしかして……」

龍之進はふと口にして言葉を濁した。恐ろしい考えが頭をもたげていた。

「龍之進、言ってみろ」

鉈五郎は言葉を促した。

「無頼派の本当の首領は梅田さんではないかと……」

皆んなに笑い飛ばされるかと思ったが誰も笑わなかった。だが左内は「それはちょっと考え過ぎでしょう」と応えた。

「わたしは一度、梅田さんのお屋敷へ伺ったことがあります」

喜六がぽつりと言った。他の五人はぎょっとして喜六を見た。

「本当か、喜六」

譲之進は昂《たか》ぶった声を上げた。

「ええ。三年前の春です。その後、わたしは奉行所に出仕することになりましたが、幸い、梅田さんはわたしのことを覚えていらっしゃらないご様子でした。わたしは心底、ほっとしたものです」

「その時、どんな話をした」

鉈五郎は早口に訊いた。

「若をお守りするようにと」

若とはむろん、駒之介のことだろう。

「喜六、奴は知らぬ振りをしていることも考えられるぞ」

鉈五郎は脅すように喜六に言った。喜六は、はっとした顔になった。そうかも知れないと龍之進も思う。

「若の始末がついて、この先、何を企《たくら》むつもりか」

多聞は僅かに声を震わせた。

「梅田さんは、ひそかに古川さんに繫《つな》ぎをつける恐れがあります。古川さん、気をしっかり持って下さい。誘惑に負けぬよう」

龍之進は喜六に釘を刺した。喜六は緊張した顔で肯いた。

「このこと他言無用。お前達、親にも話すな。そこから奴に洩れる。証拠をつかんだ暁に初めてお奉行に申し上げるのだ。よいな」

銑五郎は五人をじろりと睨んで言った。

「おう！」

心得たという顔で一同は野太い声を上げた。

ぞろぞろと用部屋を出た時、偶然にも梅田瀬左衛門と廊下で出くわした。一同は思わず息を呑んだ。

「おやおや、お揃いで何んのご相談ですかな」

瀬左衛門はにこやかに笑って訊く。

「ちょっとお務め向きのことです」

春日多聞が取り繕った。

「務め向きのことは逐一、片岡殿に相談することですな。勝手な行動はいけませんぞ。ああ、西尾君、書庫に入る時には断りを入れて下さい」

梅田は念を押した。

「承知致しました」

左内は低い声で応えた。

「今晩、君達は宿直《とのい》でしたな。いや、ご苦労様」

梅田は相変わらず笑みを湛《たた》えて言った。

一同が礼をすると梅田は忙《せわ》しない足取りで用部屋に引き上げて行った。

「きっと、今夜、無頼派は何かやるな」

鉈五郎は独り言のように呟いた。

「それじゃ……」

龍之進は色めき立った。

「いや、今夜は様子を見よう。奴と無頼派の繋がりを一つずつ明確にすることも必要だ。左内、洩らさず書き付けておけ」

鉈五郎は左内を振り返った。

「わかった」

左内は青ざめた顔で肯いた。龍之進はこの先、何が待ち受けているのかと考えると、途方に暮れる思いだった。

五

芸妓屋の前田の二階には八畳と十畳の部屋があった。料理屋に仕出しを頼めば、そこで小さな宴会も開ける。

佐野屋四郎兵衛が家族と奉公人とで慰労会を開くと聞いてお文は大層驚いた。新年早々の呉服屋組合の宴では、余分な掛かりをなるべく省きたいと言っていたからだ。

「わっちは遠慮しますよ。佐野屋さんは若いのがお好みだ。この間もさんざ、嫌味を言われたもので」

お文は前田のお内儀のおこうに言った。

「それは困るよ。小菊と花扇には別のお座敷があるし、勝奴は休みを取って本所の伯母さんの家に行っている。ここは梅奴とあんたが相手をしておくれ」

おこうは慌ててお文を宥《なだ》めた。

「佐野屋さん、やけに羽振りがよろしいこと」

お文はさり気なく皮肉を込めた。

「越後屋の後ろ盾で大きな注文を取りつけたらしい。早い話、越後屋が自分の店に来た注文を佐野屋に回したんだよ。佐野屋は三十年近く越後屋に尽くした人だからねえ。せっかく暖簾分けしても左前になっちゃ、どうしようもない。越後屋は大名屋敷の奉公人のお仕着せを任せたそうだ。一人分の実入りは僅かでも、何しろ数だ。今年の売り上げがそれで終わっても佐野屋はおつりがくるというものだ。そこでこの機会に家族と奉公人の労をねぎらいたいと思ったんだろうよ」

おこうは佐野屋の事情をお文に語った。

「でもそれは一時的なもので、先々のことはわからないじゃないですか。何もここで張り切って散財しなくても……」

「そこが成り上がり者の悲しいところだ。今まで肩身の狭い思いをしていたんで、ちょいと得意になっているんだろう」

おこうの言葉に、さもあろうとお文は思った。

「うちの二階を使って、料理屋から安い仕出しを取り寄せてやるんだから祝儀を期待しちゃいけないよ。決まりのものだけだ」

「それはようくわかっております」

「早いところ酔わせて追い払っとくれ」

おこうはにべもなく言った。

四郎兵衛によい印象がなかったので、お文の気は進まなかった。だが、とり敢えず仕度を調《ととの》え、前田の茶の間で佐野屋が訪れるのを待った。

暮六つ（午後六時頃）の鐘が鳴ると、佐野屋一家は前田の格子戸を開けてやって来た。

「お待ちしておりました。ささ、どうぞお二階へ」

おこうは如才なく二階へ促す。お文は煙管の雁首を打って灰を落とすと衣紋《えもん》を取り繕った。

「何んだかいやだねえ、姐さん」

梅奴もくさくさした表情だ。

「顔に出すんじゃないよ。相手は客だ」

お文は釘を刺した。

「ま、道中の手間がいらないだけ、今夜はましか……やだ、風が出てきたよ」

梅奴は出窓の障子を揺らす音を聞いて顔をしかめた。

「そうだねえ。火事が起こらなきゃいいけど」

「佐野屋さん、留守番の人を残して来たのだろうか。一族郎党押し掛けた様子だけど」

「そんなことはわっち等《ら》の知ったこっちゃないだろう。ささ、行くよ」

「あい」

梅奴はお文に促されて二階に通じる梯子段を上がった。

座敷には四郎兵衛の両親らしい老夫婦、何度も水を潜《くぐ》ったような縞《しま》の着物を着た三十五、六の女房、十七、八の娘、十歳ほどの前髪の少年、それより二つ、三つ年下の娘、それに年寄りの女中らしいのが顔を揃えていた。皆、笑顔で料理を食べていた。

「旦那、本日はようこそいらっしゃいました」

お文は四郎兵衛に三つ指を突いて頭を下げた。

「おや、またあんたかい。おふじ、こちらは桃太郎姐さんだよ」

四郎兵衛は得意そうに女房に教えた。おふじと呼ばれた女房はおどおどした表情で頭を下げた。

一番下の娘が人見知りした様子で傍にぴったり寄り添っている。

「あたし達、何も彼《か》も初めてなので、どうしてよいかわからなくって」

おふじも戸惑っていた。お世辞にも美人とは言い難かったが真面目そうな人柄が偲ばれた。

「本日はご家族の集まりでござんすから、誰に遠慮もいりませんよ。ごゆっくりなすって下さいましな」

お文はそう言っておふじに銚子を差し出した。おふじは四郎兵衛の顔をちらりと見た。

「いただきなさい。お前はいける口じゃないか」

四郎兵衛に言われておふじは盃を手にした。

ひと口で飲み干し、思わず出た笑顔がよかった。お文にも笑みが出た。梅奴は年寄り夫婦の相手をしていた。

「桃太郎さん、いいお着物ですねえ」

おふじはお文の薄紫に白梅を散らした着物を褒めた。

「当たり前じゃないか。この人は、元は辰巳芸者だったそうだ。そんじょそこらの枕芸者とは違うよ」

四郎兵衛が何を言うのだという顔でおふじを見た。

「旦那、どうなすったんですか。先日は年増だと扱き下ろしたくせに」

お文はきゅっと睨んだ。四郎兵衛の気持ちの変化に驚いてもいた。

「堪忍しておくれ。あの時は商いの先が見えなくて、わたしも相当に参っていたのだよ」

四郎兵衛はもごもごと言い訳した。

「あ、お兄ちゃん、あたいの卵焼き取ったァ」

一番下の娘が悲鳴を上げた。食べ盛りの息子が食の細い妹の膳に箸を延ばし、すばやく卵焼きを掠《かす》め取ったのだ。

「おとみ、大きな声を出さないで。恥ずかしい」

長女が妹を制し、自分の膳から卵焼きを分けた。よい姉だとお文は思った。

「旦那、これを弾《はず》みにして、これからも商いにご精進下さいましね」

お文は四郎兵衛に酌をしながら言った。

「ああ。またあんたの顔を見られるのを励みに働くよ」

「まあ……」

嬉しさが込み上げた。

「うちの人、お正月の宴で桃太郎さんに会ったのが嬉しくて、何度も言っていたのですよ。あたしもお顔が見られてよかったですよ」

酒の酔いで、ぽっと赤くなったおふじがきれいな歯並びを見せて笑った。

「わっちはてっきり、旦那に嫌われたものとがっかりしていたんですよ」

「桃太郎さん、うちの人は気に入った人に邪険にする癖があるんですよ」

おふじは訳知り顔で言う。

「まあ、そうですか。それなら、さしずめ一番邪険にされたのはお内儀さんでござんすね」

お文が軽口を叩くと、おふじは腰を折って笑いこけた。


よい晩になったとお文は思った。一刻《いっとき》（約二時間）後、佐野屋一家は強い風にも拘《かかわ》らず、なかなかよく引き上げて行った。お文と梅奴は日本橋まで見送った。

「佐野屋のご隠居夫婦、まるであたしの死んだ祖父《じい》さん祖母《ばあ》さんみたいだった。あたし、思い出して泣きたくなった」

梅奴はしんみりと言った。

「今夜のお座敷、よかったねえ」

お文も遠くなった佐野屋一家の後ろ姿に眼を細めながら独り言のように言った。一家の倖せがいつまでも続くようにと祈らずにはいられなかった。

踵《きびす》を返した時、地鳴りのような音が聞こえた。梅奴は恐ろしそうにお文の傍に身を寄せた。それは地鳴りではなかった。日本橋を渡って来る何者かの足音だった。お文は慌てて物陰に隠れた。黒装束に身拵《みごしら》えした男達が達者な足取りで日本橋を渡ると、通一丁目の辻の所で東に折れ、海《かい》賊《ぞく》橋の方向へ駆け抜けて行った。

「な、何？」

梅奴は恐ろしそうに訊く。

「例の本所無頼派だろうか」

お文はそっと当たりをつける。

「でも、日本橋までやって来るなんて」

梅奴は解《げ》せない表情だ。界隈には彼等が興を覚えるような高い建物や富士塚《ふじづか》はない。商家ばかりだ。お文は悪い予感に怯《おび》えた。無頼派は、押し込みの類《たぐい》はしないと定評があったが、それがこの先も守られるとは限らない。男達が走り抜けた通り道には駿河《するが》屋と尾張屋があったはず。お文の不安をいやますかのように、風がひと際強く顔に吹きつけた。

同時刻、呉服橋御門内の北町奉行所の一室で見習い組の六人は宿直に就いていた。

火鉢の上で餅を焼いたので、辺りには香ばしい匂いが漂っていた。

突然、西尾左内が「今、呼子笛《よびこぶえ》の音がしなかったか」と、声を上げた。

「いや、おれには何も聞こえん。空耳だろう」

譲之進は欠伸《あくび》を嚙み殺して応える。龍之進は耳をそばだてた。風の音に混じり、微《かす》かに呼子笛と思《おぼ》しき音がする。東の方角、日本橋界隈か。

「様子を見て来ます」

龍之進は立ち上がった。

「拙者も参ります」

喜六がすぐに続けた。結局、左内と春日多聞を残して、四人は奉行所の外に出た。

眠そうな眼をした門番が「何事ですか」と怪訝な眼を向けた。呼子笛が聞こえたと言っても、そうですかねえ、と歯ごたえのない返答があるばかりだった。

四人は呉服町を抜け、日本橋通一丁目の辻に出た。町木戸はまだ閉じられていなかった。四つ（午後十時頃）にはまだ早い時刻だった。表通りの商家は表戸を閉《た》て、通りはひっそりと静まっている。提灯をかざし、四人は注意深く辺りを見廻った。どうしたことか呼子笛の音がしない。あれはやはり空耳であったのかと思った矢先、日本橋の辺りに騒がしい音が聞こえた。

「向こうだ。室町、十軒店《じっけんだな》方向です」

喜六が大声で言った。四人はすばやく日本橋を渡った。

室町二丁目の辻に人垣ができていた。路上に人が倒れている。人垣を搔き分けて前に進んだ。一番最後から来た譲之進が倒れている男に気づかず躓《つまず》いた。

「わッ！」

驚いてとびのく。

「気をつけろ、馬鹿！」

鉈五郎が譲之進を怒鳴った。

「木戸番の番太郎じゃないのか」

鉈五郎は提灯に照らされた男を見て当たりをつける。

「旦那、尾張屋の下男の彦次《ひこじ》さんですよ」

野次馬から声が飛んだ。

「何？　もしかして尾張屋が押し込みに遭《あ》ったのか」

鉈五郎は闇に溶けて黒い影のような野次馬の群れに訊いた。

「らしいです」

呑気《のんき》な返答があった。慌てて小路に入ると、岡っ引きの子分らしいのが尾張屋の店先に立っていた。

「北町奉行所である」

龍之進は子分に叫んだ。

「ご苦労様です。しかし、南町の旦那が調べておりやす。ここは任せておくんなさい」

子分は邪魔だと言わんばかりに言った。

今月は南町の月番だから、事件は南町の方へ届けられたのだろう。見習い組は引き上げるしかなかった。しかし、何んの事件か確かめる必要があった。それが宿直中に外出した理由にもなる。

「押し込みか？」

龍之進は子分に訊いた。年の頃、二十歳前後。ふわりと酒臭かったのは事件が起こる前までどこかで飲んでいたからだろう。顔は覚えていたが名前までは知らなかった。

「へい」

子分は渋々応える。

「お前はここら辺りを縄張りにする小者《こもの》か」

「へい。源五郎《げんごろう》親分に使われておりやす」

源五郎は南町奉行所の同心の手の者だった。

「下手人の目星は？」

龍之進が続けると、子分は煌々《こうこう》と灯りがともっている尾張屋の中をちらりと振り返った。

広い土間には敷き藁《わら》が見える。敷き藁は人の形に盛り上がっていた。死人《しびと》が出た模様である。

龍之進がすばやく確認しただけでも死人は三体。外の下男を入れて四体だ。恐らく、数はそれに留まらないだろうと察しをつけた。

子分は咳払いをして、なかなか応えない。

喜六はすばやく小銭を握らせた。そんな所は商家出の男らしく如才がない。龍之進には思いつかないことだ。ひょいと首を竦《すく》めた子分は「どうもねえ、本所の無頼派らしいっすよ」と応えた。

龍之進は仲間と顔を見合わせた。皆、一斉に緊張した表情だった。

「だけど、番頭は五人組だと言っておりやした。あっしは無頼派なら数が合わねェんじゃねェかと思いやした。ほれ、無頼派は六人組でげしょう？」

子分は腑に落ちない顔で続ける。

「いや、五人でいいのだ」

龍之進は子分に言った。

「へ？」

「無頼派は一人抜けたんだ」

「なある」

「八《はち》！　余計なことは喋るな」

中から怒号が聞こえた。声の主は源五郎だろう。

「邪魔した。それでは後は任せる」

龍之進はそう言って踵を返した。

尾張屋は駿河屋とともに日本橋では指折りの呉服屋だった。奉公人の数も多い。一日の売り上げがどれほどかは龍之進には見当もつかなかった。しかし、無頼派はそれを十分承知で尾張屋に押し入ったのだ。

「とうとう、恐れていた事態になったようだな」

奉行所に足を向けて戻りながら鉈五郎が言った。

「そうですね。直接行動に出たようです」

龍之進は応える。

「若さに任せた乱痴気騒ぎも、とどの詰まりはこうなるのか」

鉈五郎は皮肉な表情で鼻を鳴らした。

「薬師寺次郎衛も年が明けたので十九です。もはや子供騙《だま》しのようなこともやっていられないのでしょう」

龍之進が応えると譲之進は「いかさまな」と呟いた。

「これで無頼派は江戸の人々を完全に敵に回したことになります。それが残念です」

喜六は悔しそうに言う。

「おきゃあがれ！　手前ェはいつまで無頼派の肩を持てば気が済む」

鉈五郎は激昂《げっこう》した。

「すみません」

喜六は低い声で謝った。

「緑川さん。古川さんは、まさかこのような事態になるとは予想もしていなかったのです。かつては心を通わせた仲間です。その仲間が罪を犯したと知れば、悔しい気持ちになるのは当然です」

龍之進は喜六を庇った。

「まあな」

譲之進は低く相槌《あいづち》を打った。

「喜六、いっそ、次郎衛を斬れ」

鉈五郎はふてぶてしく命じた。

「緑川さん、それは……」

龍之進は慌てて制した。

「うるせェ。それが恩返しよ。だろう？」

鉈五郎は喜六の肩を叩いて言った。喜六は何も応えなかった。

「誰のための恩返しですか」

龍之進は鉈五郎に醒めた眼を向けた。内心では言葉の遣い方を知らない奴と軽蔑していた。

「むろん、おれ達に対する……」

鉈五郎はおずおずと応えた。

「古川さんには、我々に恩返しをしなければならないことは一つもありません。同じ仲間をそんな眼で見るのはやめて下さい！」

「龍之進、手前ェ、最近、生意気だ」

鉈五郎は拳を握り締めて龍之進に詰め寄った。

「やめろ」

その時だけ譲之進は二人の間に割って入り、止めた。

「わたしは、ふとした出来心で無頼派に入りましたが、これほどそれを悔いることになろうとは、つゆほども思いませんでした。何卒、若気の至りとお考えいただき、お許し下さい。もちろん、無頼派を捕らえる時は、決して私情を挟まないことはお約束しますが、次郎衛を斬ることはできません」

喜六は鉈五郎へ声を励まして言った。

「なぜだ」

鉈五郎はぎらりと喜六を睨んだ。それ、それが私情を挟んでいる、という表情だった。

「同心は生け捕りが真骨頂だからです」

「………」

黙った鉈五郎に譲之進は甲高い笑い声を上げた。

「喜六の勝ちだ。鉈五郎、もうこの話は仕舞いだ」

譲之進は宥めるように鉈五郎の肩を叩いた。

鉈五郎はそれを邪険に振り払った。

風は相変わらず強い。春一番というのかも知れない。着物の裾を割って吹き込む風は思わぬほど冷たかった。四人は自然、前屈《かが》みになった。

途中、高札場《こうさつば》の前を通ると、傍に植わっている松の樹《き》の上で鋭い鳥の鳴き声がした。

突然のことに譲之進は、「わ、わ」と驚いた声を上げた。いかつい顔をしているが譲之進は小心者である。また性格が単純なので龍之進が気を遣わなくてもいい男だった。

「臆病者めが。いいか、おれ達はこれから死に物狂いで奴等に立ち向かわねばならぬ。怖気《おじけ》をふるうな。たかが鳥ごとき……」

鉈五郎は苦々しい表情で譲之進を叱った。鳥は立て続けに鳴き声を上げる。

「南方から渡って来た鳥であろう。よしきりかな。塒《ねぐら》が見つからず迷っておるのだろう。もう少し、向こうにおればいいものを、わざわざ寒い江戸にやって来るとは馬鹿な奴だ」

鉈五郎はため息の混じった声で続けた。よしきりは晩春、南方から渡来して葦《よし》の中に棲《す》み、大きな声で鳴く。その鳴き声から仰々子《ぎょうぎょうし》、吉原雀《よしわらすずめ》とも呼ばれた。だが龍之進には、その鳥が塒が見つからず迷っているだけとは思えなかった。鳴き声に寂しげなものはなく、威嚇《いかく》するような響きがあったからだ。

「そうでしょうか。日中はよいお天気でした。江戸では梅も咲き、そろそろ桜の蕾《つぼみ》も膨《ふく》らむ頃です。あの鳥はのんびり春を楽しんでいたのに夜になって思わぬほどの風に見舞われた。それで、おれの春をどうしてくれると怒っているように思えます」

龍之進がそう言うと譲之進と喜六は朗らかな笑い声を立てた。だが鉈五郎は笑わなかった。

「手前ェ、鳥か」

皮肉に吐き捨てた。龍之進の表情が凍った。居心地の悪い空気が流れた。

龍之進は友人として鉈五郎を見たことはない。あくまでも同期の仕事仲間だ。仕事仲間であるからには反《そ》りが合おうと合わなかろうと一緒に行動するしかない。だが、奉行所の同心とは隠居するまで続く役目である。その長い年月を、この皮肉屋の鉈五郎と過ごすのかと考えると暗澹《あんたん》たる気持ちだった。その時の龍之進にとって、鉈五郎とうまくつき合うのは本所無頼派を捕えることよりはるかに難しい問題に思えた。

四人はその後、何も喋らず奉行所に向けて歩き続けた。背中であの鳥が耳をつんざくような鳴き声を盛んに立てる。まるで龍之進をあざ笑うかのようだ。あの鳥は本当によしきりだろうか。龍之進にはわからない。だが、無闇にわめく鳥は次第に今の自分の姿にも思えてきた。癪《しゃく》に障《さわ》る。

龍之進はそっと両手で耳を塞いだ。

喜六がふっと笑った。

おれの話を聞け

一

睦月《むつき》、如月《きさらぎ》、弥生《やよい》、卯月《うづき》……。

見習い同心の不破龍之進《りゅうのしん》は右手で頬杖《ほおづえ》を突き、左手の爪で所在なく天神机をコツコツと叩きながら、月の異名をぶつぶつと呟《つぶや》いていた。北町奉行所の同心詰所《つめしょ》には障子越しに午前中の柔らかい光が射し込んでいる。

卯月の後には皐月《さつき》、水無月《みなづき》、文月《ふみづき》、葉月《はづき》、さらに長月、神無月《かんなづき》、霜月《しもつき》、師走と続く。

龍之進は六歳から手習い所へ通い始めたが、年寄りの師匠は手習いの傍《かたわ》ら、歴代の将軍の名とともに、月の異名を弟子達に暗記させた。

将軍の名はともかく、月の異名を覚えることが何《な》んの役に立つのか、今でもよくわからない。

師匠は俳句の趣味があったから、弟子達に少しでも風流を身に着けさせようという気持ちだったのだろうか。龍之進は師匠に言われるまま、帰宅しても熱心に月の異名を唱えた。言葉に詰《つ》まると、母親のいなみは、そっと口添えしてくれた。母親はもの覚えのよい女だと思う。反対に父親は昨日のことさえ、ろくに覚えていない。月の異名も師走ぐらいしか言えないだろう。そういう男でも奉行所では定廻《じょうまわ》り同心の手練《てだ》れとして評判が高いのだから、世の中はわからない。

手習い所の師匠はいつも赤い錣《しころ》頭巾（左右と後方に垂《た》れのある頭巾）を被《かぶ》っていて、左眼が薄青く濁っていた。

当時でも七十歳を過ぎていたのではないだろうか。龍之進が手習い所に通い出して一年後に老衰で亡くなっている。それから笠戸《かさど》松之丞《まつのじょう》という若い師匠の所へ移った。

月の異名は今でもよく覚えているが、龍之進の呟きは卯月から先へ進まない。今月はその卯月だった。まだ卯月なのか、もう卯月なのか、龍之進は、ぼんやりと考えていた。

同心詰所には同じ見習いの仲間が、これまた所在なげに座っていた。その同心詰所は見習い組だけでなく、用部屋を持たない他の役人との共用だった。だが、他の役人は皆、出払っていて、見習い組の六人しか残っていなかった。見習い組が気の抜けた表情をしていたのには訳があった。

さきほど、与力見習いの片岡監物《けんもつ》から、室町《むろまち》二丁目、呉服商「尾張《おわり》屋」の押し込みは本所無頼《ぶらい》派《は》の仕業《しわざ》ではないと伝えられたからだった。片岡監物は見習い組の指導係を任されている男である。最近、妻女の美雨《みう》が男児を出産したので、やけに張り切っているように見える。

事件が起きたのは二月のことで、その月は南町奉行所の月番だった。事件は南町に委《ゆだ》ねられたが、龍之進達は下手人の人相風体から無頼派に間違いなかろうと考えていた。

本所無頼派は、これまでも何かと世間を騒がせていた連中だった。

尾張屋は主《あるじ》夫婦の他、長男、長女、次女、手代、番頭、下男の八人が殺されている。むごい事件だった。無頼派の士分の者は切腹、二人の町方の若者も市中引き廻しの上、獄門は免《まぬが》れないはずだった。

ところが、いつまで経《た》っても裁きがあった様子はなく、業を煮やした見習い組は監物にどうなったのかと問い質《ただ》した。その結果をようやく、その朝に知らされたのだ。

むろん、無頼派の薬師寺次郎衛《やくしじじろうえ》、志賀虎之助《しがとらのすけ》、杉村連之介《れんのすけ》の三人は幕府の役人から調べを受け、刀鍛冶職人貞吉《さだきち》と骨接《ほねつ》ぎ医見習いの直弥《なおや》は大番屋に呼び出され、きつい取り調べを受けたという。しかし、確たる証拠は挙がらず、解き放ちになったらしい。

無頼派は事件当日、いつも落ち合う本所の湯屋には顔を出しているが、五人一緒に行動した様子はなかった。湯屋に訪れた時間もばらばらで、帰りもばらばらだった。

杉村連之介は幕府小姓組番頭《こしょうぐみばんがしら》を務める杉村三佐衛門《さんざえもん》の息子だった。三佐衛門はその夜、宿直《とのい》の御用もなく、夜は自宅にいた。

近所に住む三佐衛門の友人が晩飯の後、杉村家を訪れ、四つ（午後十時頃）過ぎまで三佐衛門と碁を打った。その友人は帰る時、連之介に「お疲れさまでした。またお越し下され」と声を掛けられている。事件が起きたのは、まさにその時刻だった。だから、連之介は尾張屋の事件に関わりがない。他の四人も事件当夜、室町界隈に繰り出した様子はなかったという。

「何か腑《ふ》に落ちませんね」

西尾左内《さない》は独り言のように言った。左内は先刻から手帖に何かを書きつけていた。

「恐らく、無頼派を騙《かた》る者達が事件を起こしたのだ。それだけでも奴等は責任を問われてしかるべきだが、まあ仕方がない。ほっとしたような、がっかりしたような気分だ」

緑川鉈五郎《なたごろう》は口の端を歪《ゆが》めるようにして薄く笑った。

「奴等がいつも落ち合うのは本所相生町《あいおいちょう》の日《ひ》の出湯《で》です。この近辺に奴等の家があります。骨接ぎの直弥だけは米沢町に住んでおりますが、これも両国橋を渡れば、日の出湯はすぐです」

左内は訳知り顔で言う。

「だから？」

鉈五郎はつまらなそうに左内の言葉を急《せ》かした。

「たとえば、杉村連之介が事件に関わっていなかったとしても、他の四人は果たしてどうだったのかと、わたしは疑問に思っております」

「尾張屋の下手人は五人だったんだぞ。後の一人はどこから出て来るのだ」

鉈五郎はいらいらして声を荒らげた。

「それは長倉駒之介《こまのすけ》とか……」

「はあ？」

鉈五郎は小馬鹿にしたような声を上げた。長倉駒之介は無頼派を脱退した旗本の息子だった。

「西尾さん、長倉駒之介の線はないでしょう。縁談が持ち上がり、無頼派を脱退したのに、わざわざまた、危ない橋は渡りませんよ。それに奴が金に困っている様子はないし」

龍之進は頬杖を外し、柔らかく左内の考えを否定した。尾張屋は店にあったおよそ二百五十両の金を奪われていた。

「わかっております。しかしわたしは、奴等がともかく日の出湯に集まったことに拘《こだわ》っている訳で」

「何を拘る」

春日多聞《たもん》は分別臭い表情で訊《き》いた。

多聞は見習い組の中で一番大人びた表情の男だった。

「その日は、奴等がいつものように日の出湯へ行き、汗を流して帰っただけでもいいじゃありませんか。次郎衛と連之介と虎之助は道場で剣法の稽古《けいこ》をしているし、貞吉と直弥は仕事を終えてさっぱりしたいと思っていた。誰が聞いても、別に不審を覚えるようなことはありません。しかし、奴等はことさら一緒じゃなかったことを強調しすぎます」

「前が前だから、疑われることを恐れているんじゃゃねェか」

橋口譲之進《じょうのしん》は呑気《のんき》な声で口を挟《はさ》んだ。鷹揚《おうよう》な人柄と言うより、ものぐさに近い男である。

「まあ、それも考えられますが」

「西尾さん。思っていることを話して下さい」

古川喜六《きろく》は意気込んで言った。喜六は元、無頼派の一員だった。無頼派の行動は人一倍、気にしている。

「貞吉と直弥の言い分によると、次郎衛は道場の帰りに虎之助と連之介の三人で日の出湯へ行った。時刻は夕方です。先に帰ったのは連之介だった。ここまではよろしいですね」

左内は仲間の表情を確認するように見た。

連中は一様にこくりと肯《うなず》いた。

「一番遅く日の出湯に行ったのは直弥だった。五つ（午後八時頃）に近い時刻で日の出湯は釜の火を落としていた。貞吉は虎之助と一緒に帰った。次郎衛は直弥の後に帰った……奴等の供述はおおよそ、そのようなものでした」

「何が何んだか、さっぱりわからん」

譲之進は月代《さかやき》をがりがりと搔き毟《むし》った。

「まあ、これだけ聞いていれば、奴等はばらばらに日の出湯へやって来て、帰りもばらばらに帰っているように感じられます」

「その通りじゃねェか」

鉈五郎は何がそんなに不審なのだという顔で左内を見た。

「ところが、ちゃんと五人は日の出湯の二階で顔を合わせ、二言、三言でも言葉を交わしてから別れているのです。そうでなければ、途中で帰った貞吉が、最後に帰った次郎衛のことを知ってる訳がないのです」

「翌日にでも仲間の誰かが教えたとか」

多聞は予想できることを言った。

「貞吉と直弥はその夜の内に大番屋にしょっ引《ぴ》かれております。皆さんもあの夜のことは覚えているはずです。押し込みは五人。黒装束の恰好《かっこう》から誰しも無頼派と当たりをつけていたはずです。南町の役人は次郎衛達のことをご公儀に任せ、とり敢《あ》えず、貞吉と直弥を調べようと思ったのです。ですから口裏を合わせる暇はありません。鍵は日の出湯なのです。そこで帰る順番を用意周到に打ち合わせしていたとしか考えられません」

「何んのためですか」

龍之進は素朴な疑問を口にした。

「あの事件が無頼派ではないことを強調するためです」

「無頼派ではないのでしょう？　連之介は確かに自宅にいたのですから」

龍之進がそう言うと、左内は手帖に大きく二つの円を描いた。その二つの円は一部分が小さく交錯していた。

「こちらが無頼派です。そしてこちらは第二の無頼派です。どちらの円にも共通する者が一人、ないし二人いるはずだとわたしは考えております。ですから尾張屋の下手人は本所無頼派なのです」

左内の理屈に一同は唸《うな》った。

「これから無頼派が何か事を起こすとしても五人でしょう。ところがこの五人の顔ぶれは怪しいと思います。無関係を証明するために、奴等は色々と策を弄《ろう》するはずです。今回は、それが連之介だったのです」

「どうかなあ。納得ずくでそこまでやるものかなあ。八人も死人《しびと》が出ているんだぞ。幾ら金に窮していたとは言え」

多聞は天井を睨んで思案した。

「もちろん、これはわたしの憶測《おくそく》ですが」

左内は途端に自信がないような表情をした。

「でも西尾さん、よく調べましたね。南町は、なかなか北町に事件の内容を知らせないものですから」

龍之進は感心した顔で言った。

「ええ。普通ならそうです。でも、わたしの姉は南町の例繰方《れいくりかた》同心を務める家に輿入《こしい》れしておりますので、義兄《あに》が姉の見舞いにわが家にやって来た時に、無理を承知で教えていただいたのです」

「え？　西尾さんの姉上は実家に戻っていらっしゃるのですか」

龍之進は無頼派のことより、左内の姉が病《やまい》に倒れていたことに驚いた。

「子供を産んだばかりで、最初は産後の肥立《ひだ》ちが思わしくないのだと軽く考えておりましたが、実は労咳《ろうがい》を患っている様子なのです。それで子供にうつしてはいけないと、わが家に戻り、離れの部屋で静養しております。回復したら、すぐに子供の所へ帰ると言っておりますが、その目処《めど》はまだ立っておりません」

左内の口ぶりでは、姉の政江《まさえ》の病状は思わしくないようだ。

子供の頃、龍之進は何度か左内の家を訪れたことがあった。左内も同じ笠戸松之丞の手習い所へ通っていた。松之丞から出された宿題に往生すると、龍之進は左内を頼った。左内は、あの頃から勤勉型の少年だった。いやな顔もせず龍之進に教えてくれた。

左内の家に行くと、政江は、いつも菓子と茶を龍之進に振る舞ってくれた。優しい姉のいる左内が羨《うらや》ましかったものだ。政江は左内よりひと回り年上と聞いていたから、今年で二十八になるはずだ。十八歳の時、南町奉行所の例繰方同心の滝川広之助《たきがわこうのすけ》に嫁いだ。左内の父親は北町と敵対する南町の同心の所へ娘を嫁がせることには反対だったらしい。しかし、周囲の勧めで渋々、承知したという。左内の父親と広之助は、これまで務め向きの話をしたことはなかったらしい。左内の父親は、たとい、娘の亭主でも南町の事件に首を突っ込むのは僭越《せんえつ》であると心得ていたのだろう。

あれから十年。まさか、政江が病で実家に戻る事態になろうとは誰が予想できただろうか。しかし、そうでもなければ、左内が広之助に尾張屋の事件のことを訊ねることもなかったはずだ。

左内は父親と違い、江戸の市中で起きた事件は北町だろうが南町だろうが頓着《とんちゃく》しない割り切った考え方をする男だった。

「近い内にお見舞いに上がります」

龍之進は低い声で左内に言った。

「お気遣《きづか》いなく」

左内は俯《うつむ》きがちに応えた。

二

不破友之進《とものしん》は近頃、腰の調子がよくなかった。何んでも見廻りの途中、米屋の小僧が大八車を横倒しにして米俵を落したところへ通り掛かり、不破と中間《ちゅうげん》の松助は親切にも手を貸したという。その時に不破の腰がぎくっとなったらしい。

寝込むほどではないが、朝、蒲団から起き上がる時が一番辛いらしく、イテテ、イテテと呻《うめ》いている。

「若い若いと申しても、三十も半ばを過ぎれば、色々、身体の調子が崩れて参ります。あなた、無理をなすってはいけませんよ」

いなみは不破の身を案じて釘を刺した。

「おきゃあがれ。定廻りは四十、五十が働き盛りよ。今から年寄り扱いするな」

不破は苛立った声でいなみに怒鳴った。

伊三次に髪を結って貰う時も、不破は落ち着かない様子で座っている姿勢を何度も変えた。

「旦那。按摩《あんま》の世話になったらいかがです？」

伊三次は見かねて言った。

「伊三次さん。不破が腰の調子をおかしくして帰って来た夜に、わたくし、近所の按摩さんを呼びましたの。そりゃもう、丁寧に全身を揉《も》んでいただきました。その時は不破も気持ちよさそうにしていたのですが、翌朝、なおさら具合が悪くなってしまったのです」

いなみは情けない顔で応えた。

「揉み返しですかねえ」

伊三次の弟子の九兵衛《くへえ》が訳知り顔で口を挟んだ。

「わかったふうな口を利く」

龍之進は苦笑した。

「坊ちゃん、揉み返しは本当にあるんですよ」

「坊ちゃんはやめろ」

「へい、若旦那」

九兵衛の言葉に不破が噴《ふ》いた。

「若旦那ってェのも、ピンと来ねェなあ」

十五歳の龍之進に、若旦那は確かにそぐわない。

「だったら、どう呼べばいいんですか」

九兵衛は、むっとした顔で口を返した。

「若旦那でいいんだよ。わたしもこれからは、そう呼ばせていただきやす」

伊三次はさり気なく、九兵衛をいなした。

龍之進は少し照れた顔で肯いた。

「父上。按摩がおいやなら骨接ぎ医に診て貰ったらどうでしょう。腰の骨がずれているかも知れませんよ」

龍之進は、ふと思いついたように言った。

「腕のいい骨接ぎを知っているのか」

「ええ、まあ……」

「どこの骨接ぎよ」

「そのう、米沢町に評判の骨接ぎ医がおります」

龍之進がそう言うと、不破と伊三次は顔を見合わせた。

「直弥か」

不破は少し不愉快そうな表情で訊いた。

「はい」

「おれが行く時は、お前《め》ェもついて来るという魂胆《こんたん》か」

「いけませんか」

「あれは南町の山だ。お前ェが口出しすることはねェ」

「しかし、直弥は無頼派の一味です。間近で顔をよく見てみたいのです」

「尾張屋の下手人は無頼派じゃねェ。それは片岡殿から聞いておろうが」

「はい。お聞きしました。しかし、我等は完全に疑いが晴れた訳ではないと考えております」

「見習い組は、まだ疑っているのけェ」

「大いに疑っております」

龍之進がきっぱり応えたので、不破は言葉に窮した。

「旦那。若旦那がそこまでおっしゃっているんですから、ここはひと肌脱いで差し上げたらいかがです？　別に若旦那は取り調べをする訳じゃござんせん。無頼派の一味の顔を確かめたいだけでさァ」

伊三次の口添えで不破も幾らかその気になったようだ。伊三次は不破の髷《まげ》に元結《もっとい》を結びつけながら続けた。

「尾張屋の事件の時は、うちの奴にお座敷が掛かっておりやした。ちょうど客を日本橋まで見送りに出た時、五、六人の男達が目の前を通って、海賊《かいぞく》橋の方向へ向かったそうです。そいつ等が押し込みの下手人かどうかは、はっきりしやせんが、翌朝に尾張屋が襲われたことを知って、うちの奴は大層、驚いておりやした。尾張屋の旦那はうちの奴の客だったんですよ」

「伊三次さん、その話は本当ですか」

龍之進は色めき立った。

「へい」

「海賊橋の方向ですか」

海賊橋は楓川《かえで》に架かっている橋で日本橋界隈と八丁堀を繋《つな》いでいる。

「へい、そう言っておりやした」

「無頼派が下手人なら日本橋を渡らずに、逆の方向へ行くはずですよね」

「さあ、それはどうでしょう」

伊三次は自信のない様子で応えた。

「鎧《よろい》の渡しの船頭は事件の起きた時刻には、すでに店仕舞いしております。ですから、お文《ぶん》さんが見掛けた連中は無頼派ではないような気がしますが」

「あらかじめ舟を用意していたとしたら、どうです？　いっそ、その方が人目につかずに本所へ戻れやすぜ」

伊三次の言葉に龍之進は何事かを思案する表情になった。

「龍之進。そいじゃ、明日は早仕舞いして米沢町へ行くか」

不破も気になる様子で言った。

「今日は行けませんか」

「お前ェ、今日は西尾の家に見舞いを届けるんじゃねェのかい」

「あ、ああ」

龍之進は突然思い出した。いなみに政江のことを告げると、いなみはさっそく水菓子屋に見舞いの品を手配したのだった。

「急いては事を仕損ずるだ。明日でも直弥は逃げて行かねェよ」

不破は鷹揚に笑ったが、痛みを感じて、また呻いた。

「鬼の霍乱《かくらん》……」

九兵衛が小声で憎まれ口を叩いたので、伊三次は九兵衛の尻に、そっと蹴りを入れた。いなみはそれを見て愉快そうに笑った。

「片岡殿の出産祝いやら、西尾殿の見舞いやら、今月は大層な掛かりだのう。いなみ、大丈夫か」

不破は心配そうにいなみに訊く。

「ええ、ご心配なく。龍之進さんからも禄《ろく》をいただいておりますので」

いなみが龍之進を持ち上げたので、龍之進は、はにかむように笑った。

三

西尾左内の家は龍之進の家から、ほんの一町ほど離れた所にある。組屋敷の門を潜った中ほどに西尾家はあった。主の西尾佐久左衛門《さくざえもん》は植木好きの男で、狭い庭に松やら、桜やら、もみじやらを、びっしりと植えていた。

玄関の横に枝折戸《しおりど》があり、庭を隔《へだ》てて離れの部屋が見えた。離れは障子が閉められていた。

龍之進は水菓子の入った籠《かご》を携《たずさ》えて訪《おとな》いを入れた。すぐに左内が普段着の恰好で現れた。あらかじめ左内には訪問することを告げていた。龍之進は奉行所を退出すると、自宅の玄関先でいなみから見舞いの品を受け取り、そのまま左内の家へ向かった。

「やあ、わざわざ、すみません」

「いえ。これをどうぞ」

龍之進が水菓子の籠を差し出すと、左内は恐縮して、こくりと頭を下げた。

「姉上のお部屋へどうぞ」

「いえ……」

龍之進は政江の病が自分に伝染することを恐れていた。

「大丈夫ですよ。まあ、念のため、お宅へ戻ったら、手洗いとうがいをして下さい」

「はい」

龍之進は左内の後から離れに通じる廊下を渡った。

「姉上。龍之進が見舞いに来てくれました。入ってよろしいですか」

声を掛けると、ひと呼吸置いて「どうぞ」と細い声が応えた。

蒲団に起き上がり、髪を撫でつける仕種《しぐさ》をした政江を見て、龍之進はひどく驚いた。以前の政江とは別人のようにやつれ、十《とお》も老けて見えた。

「こんな恰好でごめんなさいね」

政江は恥ずかしそうに言った。

「お見舞いが遅れて申し訳ありません。西尾さんが何も言わないものですから気がつきませんでした」

龍之進は部屋の隅に遠慮がちに座って頭を下げた。

「別にお見舞いなんてよろしかったのに」

「いえ、母上に申し上げたら、すぐにでもお見舞いするように言われました。西尾さんには色々お世話になっておりますので」

「龍之進さんは大人になりましたねえ。昔はお母様とそっくりでしたけれど、この頃は背丈も伸びて、そのせいかしら、不破様とよく似てまいりましたよ。やはり、親子ですねえ」

泣き止《や》んだ後のように潤んだ眼をした政江は、そう言って微笑《ほほえ》んだ。

「具合はいかがですか。少しは回復に向かっておりますか」

龍之進はおずおずと症状を訊ねた。

「お蔭様で、と言いたいところですけれど、これがさっぱりで、微熱がなかなか引きませんの」

「そうですか。気長に養生して下さい」

「ありがとう、龍之進さん」

「姉上、また鶴を折っていたのですか」

左内は政江の枕許《まくらもと》に置いてあった千代紙と折鶴を見て咎《とが》めるように言った。

「ええ。だって、退屈で何もすることがないのですもの」

「根《こん》をつめるとお身体に障《さわ》ると松浦先生もおっしゃっていたではありませんか」

松浦桂庵《けいあん》は八丁堀の町医者で、龍之進の家の掛かりつけの医者でもあった。

「無理はしていないから大丈夫よ。左内さんが本所無頼派を無事に捕えられるよう、千羽鶴を拵《こしら》えて願掛けするつもりなのよ」

「無頼派のことより、ご自分の回復を願掛けなされませ」

左内は怒気を孕《はら》ませた声で言った。普段の左内には見られない表情だった。龍之進は左内の着物の袖を引いて、そっと制した。左内は構わず続けた。

「姉上はいつもご自分のことを後回しにされて我慢してしまうのです。それがこんな結果になったのです」

「それは違うのよ、龍之進さん。あたしは元々、あまり身体が丈夫じゃなかったからよ」

政江は婚家を庇《かば》うように言い訳した。

その時、玄関から誰かがやって来たらしい様子があった。

「あら、うちの旦那様だわ。本日はいつもよりお早いこと」

言いながら、政江はうきうきした表情になった。広之助は務めが終わると、毎日、政江の見舞いに訪れるらしい。

「龍之進、わたしの部屋へ行こう」

左内は龍之進を促した。

「あら、もう少しいらして」

政江は慌てて引き留める。

「わたし達がいては邪魔ですよ」

左内は、にべもなく言って立ち上がった。襖《ふすま》を開けると、務めの恰好のままの広之助が離れにやって来るところだった。

「義兄上、お務めご苦労様です」

「うむ」

広之助は傍《そば》にいた龍之進をじろりと見た。広之助の鰓《えら》が張った顔は意志の強さを感じさせる。

「こちらは、わたしの同僚の不破龍之進君です」

左内は気さくに龍之進を紹介した。

「おお。定廻りの不破殿のご子息か」

「はい。よろしくお願い申し上げます」

「不破殿はなかなかの人物だ。おぬしもお父上に負けぬよう、お務めに精進なされ」

「はい」

「それでは……」

広之助はにやりと笑って部屋に入って行った。


「昔はあいつが大嫌いだった」

左内は自分の部屋に入ると、龍之進に座蒲団を勧めながら言った。

「大事な姉上をさらって行ったので、西尾さんはおもしろくなかったのでしょう」

龍之進は左内の気持ちを察して応えた。

「まあ、それもありますが、最初から虫の好かない男でした」

真顔で言う左内がおかしくて、龍之進は、ふふっと笑った。

「ようやく気軽に話ができるようになったのは、つい最近のことですよ」

左内は苦笑いして言う。

「よかったじゃないですか。お蔭で無頼派の動きを知ることもできたし」

「しかし、事件の真相は依然として藪《やぶ》の中です。南町は、無頼派が下手人ではないと判断を下しただけで、新たに下手人らしいのを見つけた様子もありません」

左内は、尾張屋の押し込みが無頼派でなかったら、誰が下手人かという口ぶりだった。

「明日、父上と一緒に直弥の所へ行って来ます」

龍之進がそう言うと、左内は一瞬、怪訝《けげん》な表情になった。

「何か気になることでもあるのですか」

「いえ、父上は腰の具合がよくないのです。それで直弥の所で治療して貰うことを勧めたのです」

「なあんだ、そういうことか。しかし、龍之進は頭が回りますね。そうです、そうです。この機会にどんな奴か、とくと観察して下さい。いずれ、役に立つ時があります」

「はい。ところで、うちに来る髪結いから少し気になる話を聞きました」

「ほう。髪結いとは、お父上の小者《こもの》をしている伊三次のことですか」

「はい。奴の女房は芸者をしておりますが、尾張屋の事件の起きた頃に怪し気な男達が日本橋を渡り、海賊橋の方向へ去って行ったのを見ております。人数ははっきりしませんが五、六人の男達だったらしいです」

「鎧の渡しから小網《こあみ》町に抜けたのかな」

「しかし、あの時刻ですから、船頭は引き上げております。伊三次は、あらかじめ舟を用意していたのではないかと言いました。それで、西尾さんの拘っていた無頼派の人数のことですが、杉村連之介が当夜、確かに家にいたとすれば、残りは四人です。あと一人が問題になります」

「いかにも」

左内は大きく肯いた。

「舟を使ったとすれば、その一人は、船頭ではないでしょうか」

「船頭……」

左内は腕組みして天井を睨んだ。

「猪牙舟《ちょき》の船頭には威勢のよい男達が多いですし、すばやく本所に戻る技《わざ》もあります」

「五人一緒に猪牙舟に乗ったということですか」

左内にそう言われて、龍之進ははっとした。

猪牙舟は船体が細身で、すばしっこく大川を渡るが、客はせいぜい、一人か二人。船頭を入れても三人だ。五人乗ることが可能かどうか、自信がなかった。

「すみません。ちょっと詰めが甘かったかも知れません」

「いや、龍之進の考えも一理あると思います。わたしも、もう一度、整理して考えておきます。なあに、奴等が尾張屋で押し込みを働いていれば、二百五十両もの大金を手にしているのですから、これから派手に散財するはずです。奴等から目を離さなければ、いずれ、ぼろを出します」

「そうでしょうか」

「とり敢えず、明日は直弥をじっくり観察して下さい」

左内は気落ちした龍之進を励ますように笑顔で言った。

その時、政江の部屋から広之助の怒鳴り声が聞こえた。左内と龍之進は驚いて顔を見合わせた。

それから二人は様子を窺うように耳をそばだてた。政江が興奮して泣き喚《わめ》くのを、広之助は必死で宥《なだ》めている。しかし、政江が冷静にならないので、仕舞いには叱りつける形となっていた。

「お舅《とう》様とお姑《かあ》様のおっしゃる通りになさればよろしいのよ。このような病持ちの嫁など滝川の家には不要でございましょう」

「おれは、離縁するつもりは毛頭ない。お前は秀一郎《しゅういちろう》と、楓《かえで》と春江《はるえ》の母親だ。子供達はお前が戻って来るのを、首を長くして待っておるのだ。短気を起こすな」

「わたくしの病は、本復するまで相当に時間が掛かります。お姑様は子供達の世話が手に余っておいでなのです。お姑様にこれ以上、ご無理はお掛けできません。どうぞ、そちらのお話を進めて下さいまし」

「わからぬ奴だ。おれにその気はないと言うておろうが」

「先《さき》様は三人の子がいることを承知で来て下さるのですもの、ありがたいではないですか。ありがたくて涙が出そう」

「心底ありがたいと思うなら、なぜそのように皮肉なもの言いをする」

「わたくし、生まれつき、このようなもの言いをする女でございます」

「いいから、おれの話を聞け」

「いいえ。もうたくさん。お帰りになって」

「やけになるな」

「あなたのお顔を見ていると、治るものも治りません。お見舞いも今日限りになすって下さいまし」

「政江」

「帰って」

「おれの話を聞け！」

広之助は激昂《げっこう》した声を上げた。政江は低く泣き声を上げた。

龍之進は俯いていた。広之助の両親は病に倒れた嫁を離縁して、新しい嫁を迎える算段をしているらしい。広之助はもちろん、政江を案じている。しかし、両親と政江との板挟みで、相当に苦しい状況であるのは察しがつく。政江も広之助も龍之進には哀れだった。

気がつくと、左内は口許を手で覆い、啜《すす》り泣いていた。

「西尾さん」

「こんな修羅場を見せてすみません」

「いえ、そんなことは……」

「姉上が可哀想でたまりません」

「義兄上も可哀想ですよ」

「言うな。あいつはどうせ、親の言いなりになるんだ。わたしにはわかっています」

「そうでしょうか」

「誰に怒りをぶつけていいのかわかりません」

龍之進はそれ以上、左内に掛けるべき言葉が見つからなかった。広之助の「おれの話を聞け」と叫んだ声が頭の中で繰り返される。

政江にすれば、聞いても仕方のない話だが、広之助はそう叫ばずにはいられないのだ。愛しい女はお前だけ、おれは他の女などに目もくれないぞ、と。

広之助は誠実な男だと思う。しかし、この先、どうなるのだろうか。啜り泣く左内を横目に見ながら、龍之進は長い吐息をついた。

四

翌日、龍之進が奉行所から家に戻ると、不破はすでに着替えを済ませていた。龍之進も急いで着替えをして、一緒に米沢町へ向かった。お務めの恰好では直弥に不審を抱かせるだろうと、二人は普段着で行くことを決めた。

陽は西に傾き掛けていたが、その日は夏を思わせる暑さだった。不破は歩きながら、こめかみから汗の雫《しずく》をしたたらせていた。

「父上。もしも母上が病に倒れ、回復の見込みがないとしたら、父上はどうされますか」

「ん？」

不破は突飛《とっぴ》な問い掛けをした龍之進をまじまじと見て「何んでェ、藪から棒に」と、怪訝そうに言った。

「たとえばの話ですよ。父上はまだお若いのですから、後添《のちぞ》えを迎えることを考えますか」

「おきゃあがれ。そんな薄情なことができるか。いなみにゃ、身を寄せる実家はねェ。崎十郎《きじゅうろう》は養子に入った男だから、まさかそこへ押しつける訳にも行かぬ。おれが最後まで面倒を見るさ。ま、死んだとなったら別だが」

崎十郎とはいなみの弟のことだった。龍之進は安心したように笑った。

「何んだ。何がおかしい」

「いいえ。父上は、口は悪いですが、なかなか情のある方だと思いまして」

「何言いやがる。そんなことは当たり前ェだ」

「そうですね。当たり前ですね」

「おかしな野郎だぜ」

不破は苦笑して鼻を鳴らした。

「それから、もう一つお訊きしたいことがあります」

「何んでェ。よそに女がいるのかってか」

「そんなことは訊いておりませんよ……でも、いるのですか」

真顔になった龍之進に不破は呆れた声で「馬鹿野郎」と吐き捨てた。

「申し訳ありません。ええと、猪牙舟ですが、あれに人が五人乗ることは可能でしょうか」

「乗って乗れねェことはねェさ。風でも吹いていなけりゃ引っ繰り返る恐れはねェだろう」

「そうですか……」

またしても龍之進の考えは否定的な方向へ傾いた。事件当夜は風が強かったからだ。

「ま、色々考えてみるこった。無頼派を追い掛けるのも同心の修業にならァ」

無頼派とは一言も言っていないのに、不破は龍之進の言葉から、すばやく当たりをつけていた。龍之進はさすがだと思った。

米沢町に入ると龍之進は、おのずと緊張した。薬種屋が並ぶ界隈に直弥のいる「名倉《なくら》整骨所」はあった。骨接ぎ医としての名倉は有名である。しかし、そこは本家の名倉ではなく、分家の人間が開いたものだという。

媚茶《こびちゃ》色の暖簾《のれん》を引き上げて中へ入ると、土間口に小座蒲団を敷いた床几《しょうぎ》が目についた。他に余計な飾りもなく清潔な佇《たたず》まいの家だった。床几は順番を待つ患者達のものだろう。時刻が遅かったせいで、そこに座っている者はいなかった。

間もなく、中から白い十徳《じっとく》姿の若者が顔を出した。十徳は医者が患者を手当てする時に羽織る仕事着だった。

「どうされましたか」

若者は優しい口調で訊いた。直弥だった。

贅肉のついていない細身の身体、小さな顔に涼しげな一重瞼《まぶた》、鼻筋も通っている。薄い唇は少し赤みを帯びていた。他の骨接ぎ医は奥に引っ込んでいる様子だった。

「父が腰の調子が悪いと言っております。腰の骨がずれているのではないかと思い、こちらへ参りました」

龍之進は不破の代わりに応えた。

「それはそれはお気の毒に」

直弥は横の棚から紙を引き出し、名前と居所を書くように言った。不破が顎をしゃくったので、龍之進は備えつけの筆を取り上げて書いた。

「ご立派な字ですね」

直弥は感心したように言ったが、その時、細い眼が底光りしたようにも感じられた。

「いつから調子を悪くされたのですか」

「ええと、十日ほど前です。そうでしたね」

龍之進は不破を振り返って訊く。

「うむ」

不破は仏頂面で応えた。心当たりのある原因、痛みの程度など、直弥は細かく問診した。

ようやく診療の部屋へ促されると、そこには薄い蒲団を敷いた床几が置かれてあった。

不破はそこに俯せにさせられた。龍之進は傍につき添った。よく見ると、不破の両足は左右が揃っていなかった。直弥は不破の首から順番に指圧していった。途中、骨の鳴る音が聞こえた。

それから不破は横向きにされ、直弥は尻に手をあてがい、強く上に押し上げた。不破は悲鳴を上げた。

「少し、ご辛抱して下さい」

直弥はそう言って、今度は不破を反対の横向きにして同じように尻を押し上げた。重く骨の鳴る音がした。

「本日はこの程度にしておきますが、不破様、症状がよくなるまで、しばらく通われて下さい」

直弥はそう言って不破の身体から手を離した。不破は安堵したようにため息をついた。床几から下りて立ち上がると「おお、気のせいか腰が軽くなったようだ」と言った。

直弥は嬉しそうに白い歯を見せた。直弥は骨接ぎ医の見習いだが、なかなかどうして腕がよい。

龍之進は直弥の指から目が離せなかった。骨張った指だ。その指で尾張屋の家族を手に掛けたのだろうか。相手が子供なら刃物を使わずとも、首をひと捻《ひね》りして絶命させることもできるだろう。

しかし、龍之進には、直弥が押し込みを働くような男には見えなかった。

治療費は四十八文。按摩の揉み代とほぼ同じ金額だった。治療を終えてそこを出る時、龍之進は「柳橋の川桝《かわます》の息子さんをご存じでしょうか」と訊いてみた。せっかくそこまで来たのだから、何か手掛かりがほしかった。川桝は喜六の実家である料理茶屋のことだった。

しかし、直弥は「いいえ」と、にべもなく応えた。

外に出ると、不破は龍之進を叱った。

「急ぐなと言ったろうが。お前ェのひと言で、奴はお前ェを警戒するだろう。もう少し、近づいてから話をするんだ」

「申し訳ありません」

龍之進は殊勝に謝った。全くその通りだった。不破は大きく伸びをした。少し、腰の調子はよくなったらしい。

「日が長くなったのう。明日もこの様子では晴れるだろう。卯月晴れか……」

「父上、風流なことをおっしゃいますね」

「しがねェ同心でも卯月晴れぐらい知ってるわ」

「月の異名をすべてご存じですか」

「睦月だろ？　如月、弥生……あとはわからん」

「師走は幾ら何んでもご存じでしょう」

「馬鹿にすんな、このう！」

不破は笑いながら龍之進の後頭部を柔らかく張った。

直弥に治療して貰ったお蔭で、不破の症状はかなりよくなった。直弥は、しばらく治療に通えと言ったが、不破が再び名倉整骨所を訪れることはなかった。もともと、不破は医者嫌いでもあるし、病や怪我は自然に治ると考える男である。龍之進が、たってと頼んだから行ったのであって、それ以上は無用と思っているようだ。

尾張屋事件の下手人が不明のまま、江戸は梅雨に入った。

奉行所を退出した龍之進は傘を差しながら八丁堀の自宅へ戻るため、左内と肩を並べて歩いていた。

無頼派の話になると、二人は時も忘れて語り合う。左内の組屋敷前に来ても二人は別れ難く、雨も構わず、路上で長い立ち話になった。

「続きは明日にしましょう。わたしは例繰方から頼まれた書類の整理をしなければなりませんから」

やがて左内は名残り惜しそうに言った。

「そうですね。わたしも片岡さんに提出する日誌を催促されております。だいぶ溜《た》まってしまいました。わたしは西尾さんと違い、文章が苦手なので困ります」

「わたしだって得意という訳ではありませんよ。だが、龍之進はうまい字を書くから羨ましい。わたしは父親譲りの悪筆で例繰方から馬鹿にされております」

左内は情けない顔をした。左内の表情がおかしくて、龍之進は声を上げて笑ったが、すぐに笑顔を消した。左内の家から親子連れらしい三人が出て来たのが見えたからだ。

「西尾さん、義兄上とお子達でしょうか。この雨の中を姉上のお見舞いにいらしたようですよ」

「え？」

左内は驚いて振り返った。八歳ほどの男の子と五歳ほどの女の子は子供用の小さな傘を差していた。広之助は子供達を気遣いながら、ゆっくりとこちらへ歩いて来る。左内はそれを見て唇を嚙んだ。

広之助は組屋敷の外にいた二人に気づき、「おお。今、帰りでござるか」と気軽な言葉を掛けた。左内の甥《おい》と姪《めい》はこくりと頭を下げた。だが、二人とも泣いたような眼をしていた。龍之進は、久しぶりに会った母親が恋しくて、二人は帰る時に泣いてしまったのだろうと思った。二人とも、まだまだ母親が傍にいてほしい年頃である。

「本日はご挨拶に上がりました」

広之助は改まった言い方をした。広之助の眼も心なしか潤んでいた。

「そうですか」

左内はそっ気なく応えたが、甥や姪をちらりと見ただけで、言葉を掛ける様子もなかった。龍之進は解《げ》せない気持ちだった。

「左内もお務めに精進なされ、立派な役人になって下さい」

広之助は頭を下げて言った。

「余計なことはおっしゃいますな」

左内の言葉に龍之進の胸が冷えた。義兄に対して何んという口を利くのかと思った。龍之進は左内の羽織の袖を引いて「西尾さん」と、制した。

「いいんだ。龍之進は口を挟むな」

左内は怒った表情で龍之進の手を払った。

と、その時、政江が「秀一郎、楓！」と大声で叫びながら、後ろを追い掛けて来るのが見えた。政江は傘も差さず、裸足のままだった。龍之進は、ぎょっとした。

「さささ、家に帰るのだ」

広之助は、そんな政江に構わず、二人の子供達を促す。子供達は駆けて来る政江が気になり、立ち止まったまま動こうとしなかった。

「帰るのだ！」

広之助は癇《かん》を立てた。子供達は父親の言葉に怯《おび》え、渋々、歩き出す。政江は足がもつれ、路上にばったりと転んだ。左内は慌てて政江の傍へ向かった。

「ごめん」

広之助は龍之進に会釈してその場を立ち去ろうとした。

「いいのですか、このままで」

龍之進は醒めた眼で広之助を見た。

「仕方がなかったのだ。こうするしかないのだ」

広之助は自分に言い聞かせるようにぽつりと応えた。広之助は両親の言葉に従い、とうとう政江と離縁することを決心したらしい。

その日は上の二人の子供達を連れて政江に別れを告げに来たのだ。事情を察すると、龍之進は、さすがに政江が気の毒で広之助に対する怒りが露《あら》わになった。

「あなたは薄情だ」

龍之進は、そう言わずにはいられなかった。

その瞬間、広之助の顔に朱《しゅ》が差し、「貴様に何がわかる。他人が四《し》の五《ご》の言うな」と声を荒らげた。

子供達は泣き出した。広之助は龍之進を睨むと、泣いている子供達を急き立て、自宅のある代官屋敷の方向へ去って行った。

政江は地面を掻き毟り、大声で泣いている。左内が必死で宥めても、聞く耳を持たない様子である。政江のそそけた髪に雨が降る。両手は泥にまみれて真っ黒だ。

龍之進はゆっくりと政江に近づいた。政江は顔を上げ、つかの間、泣き声を止めた。

「みっともないところをお見せしてごめんなさいね」

とり繕《つくろ》うように政江は言った。

「いえ。誰だって、こんな時は冷静でいられませんよ。気が済むまでお泣きなさい」

「龍之進さん」

政江は龍之進の言葉に安心したように顔を歪《ゆが》ませた。龍之進は左内に傘を預け、政江を両腕に抱え上げた。左内よりも龍之進の方が、はるかに体格がいい。龍之進がそうすることが自然だった。

まるで骨と皮だけのような政江の身体は、しかし、抱え上げると重かった。

「結構、目方がありますね」

龍之進は悪戯《いたずら》っぽく言った。

「いじわる」

政江は少し笑ったが、すぐに龍之進の首に両腕を回し、身も世もないと言う感じで泣き声を立てた。左内も涙を堪《こら》え、二人に傘を差して歩く。政江の身体は雨で冷たく濡れていたが、龍之進の首筋を伝う涙は湯のように熱かった。

「早く病を治しましょう。先のことを考えるのはそれからです」

龍之進は政江の身体を揺すり上げて言った。

政江が肯いたのかどうかは、わからなかった。

五

「おれの話を聞け」と広之助は政江に言った。

あれは、その場限りの言い訳だったのだろうか。広之助には広之助の言い分があると言うものの、あまりに情のないやり方だった。

龍之進は母親のいなみに、その時のことを伝えた。あれから二、三日経った夕方のことだった。雨は降っていなかったが、空は厚い雲に覆われ、おまけに湿気のこもった暑さが江戸の町を襲っていた。いなみは俯いて左手の甲を右手で盛んに撫でながら「わたくしは父上が亡くなり、母上も後を追うように亡くなった時は、自分ほど不幸な者はいないと思ったものです。でも、政江さんのお話を聞くと、それは大したことではなかったのだと気がつきました。だって、わたくしは自分の身の振り方を心配するだけだったのですもの。政江さんは置いてきたお子さん達のことが気掛かりでしょうし、また、夫と信じていた人から離縁を言い渡され、それにも大層、傷ついたと思いますよ。でも、病の身の上ではどうすることもできません。何んとお言葉を掛けてよいのやらわかりません」と、低い声で応えた。

「父上は母上が病に倒れたとしても、途中で放り出すことはしないとおっしゃいました。それが人として当たり前だと」

「まあ、旦那様がそんなことを……」

いなみは照れくさそうに笑う。

「だから、滝川の義兄上は薄情な人です」

龍之進は吐き捨てるように言った。

「龍之進さん。人は様々な考えの許《もと》に生きているのです。滝川さんにも、他人には窺い知れない心の葛藤《かっとう》があったはずですよ。そんな簡単に妻だった人を離縁するものですか」

いなみは咎《とが》めるような眼になった。

「でも、西尾さんの姉上は、あまりにもお気の毒です」

「同情なさっているのでしたら、度々、あちらに伺って、政江さんをお慰めして下さいな。あなたがするべきことはそれで、滝川さんを非難することではありませんよ」

「はい……」

龍之進は渋々、肯いた。荒い足音が聞こえ、龍之進の妹の茜《あかね》が茶の間に入って来た。女中のおたつと一緒に散歩に行って、戻って来たのだろう。茜は金魚の柄《がら》が入った浴衣を着ていた。龍之進がいなみと話をしていたのに嫉妬を覚えた様子で、いなみの顔を自分に向けさせる仕種をした。

「お外はいかがでした。暑かった？」

いなみは優しく訊く。

「とっても暑かった。すっかりくたびれた」

茜は生意気な口調で応える。楓という政江の娘は、茜より年上のせいもあるが、大層、聞き分けがよかった。あの小さい身体で母親のいない寂しさに耐えていたのだ。せめて、新しい母親が優しい人であればよいと龍之進は思うばかりだ。

茜は飲み物をねだる。それも湯ざましではなく、白玉入りの砂糖水を買ってほしいと駄々を捏《こ》ねた。かッと龍之進は怒りを覚えた。

「我儘《わがまま》もいい加減にせぬか」

龍之進は茜に拳骨をくれた。茜は火が点《つ》いたように泣く。

「お兄様のおっしゃる通りですよ。あなたは少し我儘です」

いなみも窘《たしな》めた。そこへ湯上りの不破が、のっそり入って来た。この暑さでは務めを終えたら湯を浴びずにはいられない。龍之進も晩飯の前に湯屋へ行くつもりだった。

「どうした茜。何を泣いている」

不破は首筋の汗を拭いながら訊いた。

「ひゃっこい、ひゃっこいが飲みたいの」

冷や水売りは「ええ、ひゃっこい、ひゃっこい、汲《く》みたて、道明寺餅《どうみょうじもち》」と触れ声を出して市中を廻る。茜はおたつと散歩に出て、冷や水売りを見掛けたらしい。冷や水売りは、まだ出始めなので、もの珍しさもあり、茜はなおさらねだる。

「何んだ、そういうことか。どれ、父《とと》と一緒に冷や水売りがいないか、外へ行ってみるか」

不破は泣いている茜を抱き上げた。

「茜が我儘になるのは誰かさんのせいですね」

龍之進は皮肉な言い方をした。

「おーも(お兄様)嫌い。父、大好き」

茜は龍之進に悪態をつく。

「おれだって、お前が嫌いだ。伊与太《いよた》の方が、ずんと好きだ。伊与太におもちゃを買ってやろう。お前には買ってやらない」

龍之進は応酬する。茜は泣きべそをかいた。

「気にするな。ささ、行こう行こう」

不破は茜を宥め、外へ出て行った。

「先が思いやられますね、母上」

龍之進は大袈裟なため息をついた。

「本当に」

いなみは情けない顔で応え、同様にため息をついた。

いなみに言われたように、龍之進はそれから西尾家を頻繁に訪れ、政江の話し相手になった。

政江は龍之進と話をしながら千代紙で鶴を折る。鶴はすでに五百羽を折り上げ、糸で繋《つな》いで窓辺に吊るしてあった。折鶴は千代紙の柄ごとに揃えてあるので、所々が段だら模様になって見える。龍之進も鶴の折り方を教わったが、政江のように、きれいには折れなかった。

「千羽折ったらお仕舞いにするのですか」

無心に手を動かす政江に龍之進は訊く。

「いいえ。また千羽を目指して折るつもり」

「それができ上がったら？」

「また千羽よ」

「ずっと、ずっとですか」

「ええ。ずっと、ずっとよ。左内さんと龍之進さんが本所無頼派を捕らえられるように。それから、子供達が恙《つつが》なく成長するように。それから……」

「姉上の病が本復するように」

龍之進は政江の言葉を先回りして言う。

「そうね……でも、わたくしのことはよろしいのよ」

「よくないですよ。それが一番肝腎なことではないですか。姉上は気が弱っております。病は気からと申します。たくさん飯を喰い、まずは身体を丈夫にしなければ」

「そうね。父上は滋養のためだとおっしゃって、獣《けだもの》の肉や鰻を毎日のように食べさせようとしますの。もう、胸焼けがして。わたくしは、お素麺《そうめん》や冷奴をいただきたいのに」

政江は困り顔で言う。

「娘が病に倒れたとなれば、父親なら必死で治してやろうと考えるものです。お父上のためにも元気になって下さい」

「龍之進さんは左内さんより年下なのに、大人びたことをおっしゃるのね。左内さんとは大違い」

「そんなことはないですよ。西尾さんは堅実な人で尊敬しております」

埒《らち》もない世間話をしながら、龍之進は政江が折った鶴を揃える。そうしていると、務めの緊張も不思議に癒されるような気がした。

「梅雨はそろそろ明ける頃でしょうか。この頃は晴れ間も多くなりましたよ」

政江は開け放した障子の外へ目を向けて言う。

「梅雨が明ければ、今度は油照りの夏です。見廻りには辛い季節です」

龍之進はうんざりした表情で応えた。

「陽射しの強い日は笠をお忘れなく。暑気あたりになっては大変ですから」

「本当に姉上はご自分のことより、人のことを心配なさる方ですね」

龍之進はしみじみと政江を見た。将来、妻《めと》を娶るとすれば、政江のような人がいいと、ふと思った。病は困るが。

「何をしに来た！」

部屋の外から、左内の甲走《かんばし》った声が聞こえた。龍之進は慌てて立ち上がり、襖を開けた。

広之助が廊下で左内と揉み合っていた。左内は、のこのこやって来た広之助に、今さら何んだと怒りを露わにしていた。広之助は水を浴びたように大汗をかいていた。広之助は「政江、おれはやっぱり駄目だ。別れることはできぬ」と、切羽詰った声を上げた。政江は折鶴を手にしたまま、呆然と広之助を見ている。

「呆れてものが言えない」

左内は根負けして、広之助から手を離した。

広之助はよろよろと政江の部屋へ入り、政江の前で咽《むせ》び泣いた。龍之進がせっかく揃えた折鶴は広之助の勢いで四方に飛び散った。

色とりどりの折鶴に囲まれた二人を見て、龍之進は突然、合点した。政江が真実、願掛けしていたのは広之助との復縁であったのだと。

「姉上、願いが叶いましたね」

龍之進は政江に言った。政江は龍之進を見て、ふっと笑った。

「願いが叶った?」

左内は怪訝な表情をした。

「いいから」

龍之進は乱暴に襖を閉じると、離れから左内を引き立てた。政江と広之助は別れないだろう。

龍之進は強い確信を持って思う。

左内の家を出た龍之進は晴ればれとした気持ちだった。この世はなるようになるものだ。徒《いたず》らに嘆くこともないのだと思った。

「若旦那」

亀島《かめしま》町の自宅へ向かっていると、龍之進は後ろから声を掛けられた。振り向くと伊三次が立っていた。いつも携えている台箱がないところを見ると、これから不破と御用向きのことで打ち合わせをするのだろう。

「ご機嫌のご様子ですね。何かいいことでもありやしたかい」

伊三次は嬉しそうに訊いた。

「わかりますか」

「へい。若旦那はすぐに顔に出ますから」

「ええっ？」

「うそですよ」

それは同心として、あまり歓迎すべきことではない。

伊三次はすぐに言った。

「伊三次さんは人が悪い」

「へへ」

伊三次は悪戯っぽく笑い、「いいお話なら聞かせておくんなさい」と話を促した。

「ええ……その前に伊三次さんに一つ、質問があります」

「何んでしょうか」

「お文さんに、おれの話を聞けと、切羽詰った声を上げたことがありますか」

「……」

「二人の仲がどうにも進展せず、にっちもさっちも行かなくなった時ですよ」

「さて、それは……」

伊三次は言葉を濁したが、ふっと心許ない表情になった。それを見て、龍之進は、きっと、そういうことがあったのだと内心で思った。伊三次は空を見上げた。

「わたしは甲斐性なしの男ですから、そんな台詞《せりふ》をほざいたことはありやせんが、うちの奴が……」

「お文さんが？」

「わっちはお前ェの何んなんだ、と詰め寄ってきたことがありやす。正直、ぐうの音《ね》も出せやせんでした。昔の話ですよ。ですが、そんな気の利いた台詞を覚えていたなら、遣ってみたかったですね」

「そうですか。男と女は夫婦になるまで、色々、大変なんですね」

龍之進は吐息混じりに言う。

「さいです。てェへんです。簡単にくっついた者は簡単に別れやす。本当にこの男でいいのか、この女でいいのかと悩みながら一緒になるんでさァ。しかし、ものの弾《はず》みで一緒になった者でも、存外にうまく行く場合もありやすから、一概《いちがい》には言えやせんが。まあ、縁《えん》のもんでしょう」

「縁ですか」

「へい。今日の若旦那はいつもと違いやすぜ」

「わたしも、いつか悩むのかなと思いまして」

「女のことを考えるにゃ、若旦那は、まだまだ早ェですよ」

伊三次はつかの間、心配そうな顔になった。

「わかっています。今はお務めが第一です」

「そうです、そうです。ささ、お屋敷に戻りやしょう。旦那がいらいらして待っておりまさァ。ところで、若旦那の話ってのは？」

伊三次は思い出したように訊く。

「西尾さんの姉上は、どうやら離縁を避けられそうです」

「さいですか。いえ、奥様から、それとなく事情は聞いておりやした。夫婦別れせずに済むんですかい」

伊三次は、ほっとしたように笑顔を見せた。

「その亭主が、おれの話を聞けと言っていたのです」

「……………」

「なかなか艶《つや》っぽい響きがあると思いませんか」

龍之進の言葉に伊三次は口許に拳《こぶし》を当てて苦笑した。

「伊三次さんは、いつだってわたしを子供扱いします。いい加減、やめて下さい」

龍之進は癇を立てた。

「申し訳ありやせん。そうですよね。若旦那は元服を済ませ、お役所務めも一年経った。立派な大人でさァ」

伊三次は取り繕うように慌てて言った。

八丁堀、亀島町川岸はたそがれていた。西の空は久しぶりに夕焼けだった。そろそろ梅雨も明ける頃だ。龍之進と伊三次は川岸沿いの道をゆっくりと歩く。

冷や水売りが「ええ、ひゃっこい、ひゃっこい。汲みたて、道明寺餅」と、触れ声を響かせて二人の横を通り過ぎた。

のうぜんかずらの花咲けば

一

北町奉行所の見習い同心の間で、近頃、はやりの言葉があった。その一つは「香《こう》ばしい」であり、もう一つは「あれは何《な》んだったのでしょう」である。

見習い組がたまたま連れ立って堀沿いを歩いていた時、下肥《しもごえ》を積んだ舟が傍《そば》を通った。当然、穏やかならぬ臭いが辺《あた》りに漂う。不破龍之進《ふわりゅうのしん》の朋輩《ほうばい》の橋口譲之進《じょうのしん》がその時、冗談混じりに「おお、香ばしいのう」と独り言のように呟《つぶや》いた。一同は爆笑した。

と言うのも、龍之進は子供の頃、母親のいないなみから下肥を「くさい」と言ってはならぬときつく戒《いまし》められていた。己れの身体から出た排泄物から目を背《そむ》けることは己れから目を背けることである。まして、下肥汲《く》みに従事する者を貶《おとし》めたりするのは、もってのほかである。

下肥は畑の肥料として大事な役目もあるのだから馬鹿にするものではないと、懇々《こんこん》と諭された。

他の見習い同心も、同じように親から教育されたらしい。だが、くさいものはくさい。

くさいと言わない代わり、顔をしかめ、鼻を摘《つま》んでやり過ごすのが常《つね》である。譲之進の言葉は、やんわりと揶揄《やゆ》しながら嫌味なく感じられた。それから「香ばしい」が何かと用いられるようになったのだ。もう一つは西尾左内《さない》が徒労に終わった仕事に対し、腹立ち紛《まぎ》れに言ったことがきっかけだった。

他人事のように「あれは何んだったのでしょう」と言うことで、幾らか溜飲が下がるようだ。二つとも便利な言葉である。龍之進も折あるごとに遣《つか》っていた。

務めを終えた見習い組は奉行所を出ると自宅へは戻らず、その足で京橋のあさり河岸にある日《ひ》川《かわ》道場へ向かった。日川道場は龍之進が子供の頃から通っている鏡心明智流《きょうしんめいちりゅう》の町道場である。務めに就《つ》いてから以前のように頻繁に稽古はできなくなった。それでも龍之進は五日に一度ほど竹刀《しない》を持つようにしている。また、捕物の実戦稽古《けいこ》に日川道場が使われることは多かった。

その日、与力見習いの片岡監物《けんもつ》の肝煎《きもい》りで、下手人捕縛《ほばく》の技《わざ》を見学することになっていた。監物は、見習い組に強制ではないと念を押しつつ、見学しておけば、後々役に立つと恩着せがましく言った。欠席しようものなら、後で何を言われるか知れたものではない。見習い組は渋々、それに従ったのである。

「見廻りでくたくたの上に、さらに無益な見学をせねばならぬとは、家に戻る時は我等の身体も香ばしくなっておるだろうの」

譲之進は他の者の気を引くように呟いた。

他の連中はそれを聞くと薄く笑った。

「主に捕縄《とりなわ》の扱い方ということだが、捕縄は小者《こもの》（手下）に任せるのが、もっぱらだ。それより十手の稽古が肝腎だと思うぞ」

春日多聞《たもん》も譲之進に同調するように言う。

「しかし、十手というのも我等、町方役人の身許《みもと》を明かす目的が大であって、いざ捕物という時は、やはり刀の方が有効でしょう」

左内は訳知り顔で口を挟《はさ》む。

「それはそうですが、下手人は生け捕りが真骨頂ですから、刀は最終手段と考えるべきです」

龍之進は生意気に取られないようにさり気なく言った。

「龍之進さんのおっしゃる通りです。片岡さんのお言葉ではないですが、捕縄でも何んでも扱いを覚えておけばためになる時がありますよ」

古川喜六《きろく》は一同を励ますように言った。

その直後に緑川鉈五郎《なたごろう》が盛大に欠伸《あくび》を洩らしたので、喜六は少し鼻白んだ表情になった。

「おお、香ばしい欠伸だのう」

譲之進は再びきめの言葉を言った。

道場に着くと、他の門弟はおらず、代わりに髪結いの伊三次と京橋の下っ引きの弥八《やはち》が師範代補佐の片岡美雨《みう》の助言を受けながら、捕縄の掛け方をあれこれと工夫している姿が目についた。

美雨の顔を見るのは久しぶりだった。出産のため、しばらく道場を休んでいたのだ。

そのまま剣の指導をやめてしまうのではないかと龍之進は内心で思っていたが、美雨は、どうやらそのつもりはないらしい。

以前より、幾らかふっくらした美雨だが、見習い組がぞろぞろと入って行くと「ご苦労さまでございます。ささ、稽古着に着替えて下さいませ。さっそく稽古に入ります」と、いつもと変わらず見習い組を急《せ》かした。

「見学だけのつもりだったのに」

譲之進が小声で文句を言うと「香ばしい愚痴はおやめなさい」、龍之進は得意顔で制した。

最初は、龍之進も乗り気ではなかったが、伊三次が弥八を下手人に見立てて縄を掛ける技に次第に引き込まれていった。

日本の捕縛の術は室町時代に中国大陸から伝わり、古流武術各流派によって様々に工夫されたという。八代将軍徳川吉宗の時代になって、江戸町方十手捕縄の扱い様《よう》が制定され、捕縛術が確立したのだ。

町方役人や小者は梯子《はしご》、目潰《めつぶ》し、十手、捕縄、鉤縄《かぎなわ》を巧みに操《あやつ》って下手人を捕縛する。縄の掛け方は性別、身分、職業によっても異なるので、その種類は三百にも及ぶ。

伊三次が見習い組に披露したのは鉤縄だった。縄の一端についた小鉤を下手人の襟《えり》、帯、髷《まげ》などに打ち込み、それをぐるぐると手許に巻きつけながら取り押さえる。

「奴は髪結いだから手先が器用なんだよ。だが奴は普段、鉤縄など使わない。ほれ、頭に髷棒を挿《さ》しているだろう？　あれを匕首《あいくち》のように使うのさ」

鉈五郎は一同に説明した。だが、鉤縄を扱う伊三次の技はなかなかのものだった。

弥八の後ろ襟に小鉤を打ち込み、手許に引き寄せる時、伊三次の二の腕の筋肉は硬く盛り上がった。伊三次はどこでその技を習得したのかと思った。監物は伊三次の腕を十分に承知していたから、今回の実技に抜擢したのだろう。

やがて、基本技の披露が終わると、見習い組も二人一組になって技の稽古に入った。

「最初は力を入れず、小鉤をひょいと引っ掛ける感じでよござんす。引っ掛かったら右手をぐっと後ろへ引き、左手でたぐり寄せやす。たぐり寄せやしたら、今度は左手を引き、右手でたぐり寄せやす。これを交互に繰り返しやす。この時、縄はぴんと張るのがコツです。ですが、匕首で縄を切られることもありやすので、引っ繰り返らねェように腰を落として低く構えて下せェやし」

喜六と組んで稽古する龍之進に伊三次は丁寧に教えてくれた。

「下手人との間合が遠い場合はどうなるのですか」

ものの小半刻《こはんとき》（約三十分）もしない内に龍之進の額には玉のような汗が噴《ふ》き出た。江戸の残暑はまだまだ厳しい。すでに季節は秋だというのに。

「その時はですね……」

伊三次は鉤から一尺ばかりの所を持ち、ゆらゆらと揺らして弾《はず》みをつけると、一間ばかり離れて後ろ向きに立っていた弥八の帯に向けて縄を放った。鉤は帯にきっぱりと打ち込まれ、不意を喰らった弥八は尻餅を突いた。

「兄《あに》ィ、ひと声掛けてくんな。いきなりはひでェ」

立ち上がった弥八は文句を言った。

「ま、こんな按配《あんばい》です」

伊三次は涼しい顔で龍之進と喜六に言った。

喜六は感心して低く唸《うな》った。

鉤縄の稽古が一段落すると、今度は抵抗する下手人に縄を掛ける技に入った。下手人の手首を背後から右手でぐっと摑む。すかさず左手で下手人の二の腕の急所を手刀《しゅとう》で突く。

下手人は痛みで膝《ひざ》を崩す。すばやく下手人の腕を背中に回し、地面に押し倒し膝で固定する。それから下手人の左手も同様に背中へ回し、手首を揃え、捕縄で手首を巻く。それでも抵抗する下手人には縄の先を首へ掛ける。

さらに両足も膝のところから背中に折り曲げ、両足首に縄を掛ける。これで下手人は身動きが取れない。もがけば縄が締まり、苦しい思いをする。

それがいわゆる「泥棒縛《しば》り」と呼ばれるものだった。縛られた弥八は本当に苦しそうだった。

「ま、ここまですることはねェでしょうが、念のためです」

芋虫のようにもがく弥八をしばらく眺めてから、伊三次はようやく縄をほどいた。弥八の手首は赤くなっていた。

「兄ィ、おいら、痛い目に遭《あ》ったんだから、一杯、奢《おご》ってくれよ」

弥八は腹立ち紛れに、そんなことを言った。

「伊三次、苦労であった。皆の者、稽古したことは家に帰っておさらいし、後々、お役目に生かすように」

美雨は満足そうな顔で見習い組の一同に言った。

二

およそ一刻（約二時間）の稽古が終わると解散になった。後から駆けつけた監物は伊三次と弥八に礼を言った。

伊三次は、龍之進の父親と打ち合わせがあるというので、龍之進は一緒に亀島《かめしま》町の組屋敷へ向かった。

「捕縄の技は見事でした」

歩きながら龍之進は感想を述べた。

「畏れ入りやす」

「どこで技を覚えたのですか」

「鉤縄は深川の増《ます》さんから、泥棒縛りは留《とめ》さんから教わりやした」

「へえ」

深川の増蔵も弥八の養父の留蔵も不破友之進《とものしん》の息が掛かった小者だった。

「増さんは、おかみさんのてて親から教わったと言っておりやした。おかみさんのてて親は若旦那のお祖父《じい》さんに使われていたそうです」

「そうですか」

「留さんも、てて親から教わったそうですよ。捕縄の扱いは留さんと増さんのお蔭で何んとかこなせるようになりやした。十手は不破の旦那から教わりやした」

「え？　伊三次さんは十手も遣えるのですか」

驚いた龍之進は足を止めて、まじまじと伊三次を見た。伊三次が十手を遣うところを見たことはなかったからだ。伊三次は照れたように龍之進の視線を外した。

「旦那は最初、わたしに十手を持たせようとしたんですよ。しかし、わたしはこの通り、廻りの髪結いです。台箱と十手を一緒に持つのは、どうも様《さま》になりやせん。それで髷棒に工夫したんですよ」

「なるほどね」

「この十年、髷棒と捕縄だけで御用をして来ましたが、どうしたって髷棒より十手の方に分がありやす。それに十手の技は後の者にも教えられやすが、髷棒は必要ねェでしょう。この頃になって、ちょいと後悔しているんですよ」

「そんなことはありません。いずれ伊与太《いよた》が跡を継ぎますよ」

「若旦那。伊与太にまで小者をやらせようってんですか」

つかの間、伊三次は呆れた顔になった。

「駄目ですか？」

「駄目とは言いやせんが、伊与太が小者を引き受けるかどうかは伊与太に聞いてみなけりゃわかりやせんので」

「伊与太の気持ち次第で無理じいはしないということですね」

「へい」

「それでは、仮に伊与太が髪結いにならないと言ったら？」

「それもそれで仕方がねェでしょう」

伊三次はあっさりと応えた。

「伊三次さんは、よい父親ですね。つくづくそう思います」

龍之進はお世辞でもなく言った。子供に自分の意見を押しつける親が多いというのに、伊三次は実に鷹揚《おうよう》だ。あくまでも息子の意志に任せるつもりなのだ。伊三次は最初から髪結い職人になりたかった訳ではなく、周りの事情でそうせざるを得なかったと聞いたことがある。修業は心底、辛かったとも言っていた。

だから、息子の伊与太には自分と同じような思いをさせたくないということなのだろう。

だが、龍之進は父親の跡を継ぐことしか考えられなかった。それはある意味で幸福であり、まためる意味では不幸だとも言える。職業選択の自由がある町人が少しだけ羨《うらや》ましいと思った。

「何を考えているんです？」

黙りがちになった龍之進に伊三次は訊《き》いた。

「いえ……わたしは何んの考えもなく同心の道を選びましたが、これでいいのかと、ふと思っただけです」

「余計なことは考えねェことです。若旦那は早く一人前になって江戸の人々のお役に立って下せェ。それがいっち、いいことなんですから」

伊三次は諭すように言う。

「そうでしょうか」

「世の中には様々な商売《しょうべ》ェがありやす。その一つ一つが他人様の役に立っているんですよ。もちろん、市中を取り締まるお役人だって世の中にゃ欠くことのできねェもんです。若旦那は町方役人の家に生まれやした。旦那もお祖父さんも同心だ。若旦那の身体の中に同心の血が流れているんです。いまさら同心がいやだと言っても始まりやせん。まさか呉服屋の手代や船宿の若い者もできねェでしょうから」

「それはそうですが……」

「同心になってよかったと思える時がきっとやって来まさァ。くよくよしねェでお務めに精進して下せェ」

「別にくよくよはしていませんよ」

むっと頰を膨らませた龍之進に伊三次は愉快そうに笑った。

その時、後ろからカタカタと下駄の鳴る音が聞こえ、年の頃、十四、五の娘が二人の横を通り過ぎ、そのまま近くの稲荷へ駆け込んだ。その稲荷は表通りに面している商家と商家の間にひっそりとあった。龍之進は稲荷の前まで来ると、そっと中を覗いた。三間ばかり奥まった所に稲荷のお堂があり、娘はその前で掌を合わせ、一心に何かを祈っていた。娘の背中が頼りないほど小さく見えた。何度も水をくぐったような藍色の単衣《ひとえ》に褪《さ》めたみかん色の帯を締めている。袂《たもと》を括《くく》っている茜襷《あかねだすき》が背中でばってんの形になっていた。

「どこの娘でしょう」

龍之進は小声で伊三次に訊いた。

「中田屋という一膳めし屋の女中ですよ。朝から夜中まで働かされているようです。可哀想に」

あさり河岸には一膳めし屋や料理屋が軒《のき》を連ねている。中田屋もその一軒だった。

「中田屋は裏で怪しげなことをしているとの噂です。奉行所の近くでそんなことをしていては、いずれ目をつけられるのに」

龍之進は奉行所で小耳に挟んだ話をした。

「灯台もと暗しと高《たか》をくくっているんでしょう」

「困ったものです。岡場所は取り締まりをしても一向に減る様子がありません」

「ま、男の考えることは皆同じなんで、取り締まっても無駄というもんですが」

「だからって野放しにはできませんよ」

「それはそうです」

龍之進が声を荒らげたので、伊三次は慌てて言い繕《つくろ》った。娘はやがてお参りを終えると、踵《きびす》を返し、ゆっくりと通りに出て来た。龍之進と伊三次に気づくと小さく会釈した。

龍之進は仕事の労をねぎらう言葉を掛けようとしたが、後を追いかけて来た男の声に遮《さえぎ》られた。

「お梅、何している。ちょいと目を離すと、すぐに怠けやがる。さっさと洗い物をしねェか」

長半纏《ながばんてん》をじょろりと引っ掛けた男が胴間声《どうまごえ》で娘を詰《なじ》った。

「すみません」

お梅と呼ばれた娘は殊勝に謝った。だが、三十がらみの男は、いきなり娘に平手打ちを喰わせた。その音は龍之進と伊三次の耳に驚くほど大きく聞こえた。お梅は押し殺したような泣き声を上げた。

「逃げようたって、そうは問屋が卸さねェ。手前《てめ》ェの親父は向こう十年分の給金を持って行ったんだからな」

男は憎々しく吐き捨て、なおもお梅の背中をどやした。龍之進が一歩、足を踏み出した時、伊三次は止めた。

「放っておきなせェ」

「でも……」

「向こうには向こうの言い分がある。若旦那が出て行っても無駄ですよ」

いずれお梅も客を取らされる羽目となろう。それは龍之進にも察しがついた。お梅は小さな背中を震わせて龍之進から遠ざかる。お梅は稲荷に何を祈っていたのだろうか。江戸の街の治安を守るのが同心の本分だ。だが、親の犠牲となったお梅の倖せは守ってやれない。そう考えると、龍之進は無力な自分を感じた。

三

奉行所での宿直《とのい》は交代に回ってくる。以前は見習い組が全員で宿直に就いていたものだが、最近は二人ずつになった。

初出仕から一年も過ぎると、見習い組も務めに慣れて、六人も必要がないだろうとの奉行所の判断だった。今年、新規に見習いに上がる者はいなかった。龍之進達は相変わらず奉行所の下っ端として雑用に追われていた。

しかし、秋めいて来たその夜だけは見習い組全員に宿直の命が下った。

古参の同心達は捕物装束《しょうぞく》で皆、出払っていたからだ。

その夜は私娼窟の手入れが行なわれた。

官許公認の遊廓は吉原だけと定められているが、江戸の各地には岡場所と呼ばれる私娼窟が幾つもあった。定期的に奉行所が取り締まりをするが、岡場所の数は一向に減らなかった。奉行所が私娼狩りをするのは吉原の遊女屋からの強い要請があるからだ。

世の中が不景気なので高い揚《あ》げ代を取る吉原には客の足も遠《とお》退く。近間の岡場所で手っ取り早く事を済ませる客は多かった。

「牢の鍵を開けておけと言われたが、ここにも妓《おんな》達を入れるつもりだろうか」

春日多聞は期待するような顔で誰にともなく訊いた。

「そうなんじゃねェか。大番屋の牢だけじゃ賄《まかな》いきれない」

緑川鉈五郎は醒めた表情で応える。

「明日には小伝馬町の女牢へおおかたは移しますから、大変なのは今夜だけですよ」

西尾左内が言い添えた。

「手入れはどの界隈ですか」

龍之進は左内に訊いた。

「奉行所の近辺です。日本橋、京橋、八丁堀辺りの岡場所です。特に八丁堀は町方役人のお膝元ですから、岡場所の主達《あるじ》はお目こぼしがあるものと呑気《のんき》に考えておりましたからね。奉行所は、ここで少しカツを入れるつもりなんです」

そう言われて、龍之進は中田屋に使われていた娘のことを思い出した。お梅はまだ客を取らされていない様子だったから、連行されることはないだろうと思った。

だが、四つ（午後十時頃）を過ぎて、縄で縛られた妓達が三十人ほど奉行所に連行された時、龍之進はその中に、お梅がいることに気づいて、ぎょっとした。

「あの娘は中田屋の女中で、客を取ったりしていませんよ」

龍之進は慌てて奉行所の中間《ちゆうげん》に言った。

「それはこれから取り調べでわかることです。今夜はひとまず、ここに泊まらせます」

中間は龍之進を安心させるように言った。

妓達の声がかまびすしい。牢に入れられても格子に摑まり「へん、あたし等が何をしたって言うんだい。おととい来やがれ！」と悪態《あくたい》をつく者が多かった。その度に「静かにしろ！」と中間や同心に怒鳴られていた。

お梅はその中でおとなしかった。抵抗することも、悪態をつくこともなく、黙って牢に入ると隅の方にそっと座った。お梅の周りだけ静謐《せいひつ》なものが漂っているように感じられた。

妓達が三十人も集まれば牢内は白粉《おしろい》に混じり、何やらすっぱい匂いもした。

香ばしいと譲之進は呟いたが、他の者は照れて何も応えなかった。

「おお。賑やかなものですな。普段は男所帯の奉行所のこと、たまには警動《けいどう》もよいものです。むさくるしい下手人より、よほどましというものです」

例繰方《れいくりかた》同心の梅田瀬左衛門《せざえもん》が嬉しそうな顔で言った。不謹慎だと龍之進は思ったが古参の瀬左衛門に口を返すことはしなかった。私娼窟の手入れは「警動」と呼ばれる。妓達は「けいど」と縮めて呼んで警戒していた。

瀬左衛門は事件の前例を調べて奉行に差し出すために居残っていたが、それは明日でも構わないはずだった。妓達の顔を見物したいために居残っていたのではないかと龍之進は思った。

妓達は取り調べの後、おおかたは解き放ちになるが、悪質な者は奴《やっこ》の刑に処せられる。吉原に送られ、三年間、無償で働かされるのだ。それは岡場所に対する制裁だった。三年と期間を定めているのは奉行所のせめてもの温情である。以前は生涯、奴で通さなければならなかったという。

その夜は深更に及ぶまで北町奉行所の牢は妓達の声がざわめきのように響いていた。

町奉行所の牢は三室ある。そこは裁きを受けるために小伝馬町から送られて来た囚人を一時収監するものだった。

裁きは夕方までに終わるので、夜は空になることが多い。路上で眠り込んでいた酔っ払いが時々、放り込まれているぐらいだ。

翌日、左内の言っていたように妓達の半分ほどは解き放ちになり、残りは小伝馬町の女牢に送られた。見習い組は朝の申し送りを済ませると奉行所を退出した。その日は非番となった。

龍之進は自宅へ戻ると朝飯を食べ、自分の部屋に入り、蒲団にもぐり込んだ。お梅も今頃は中田屋へ戻ったことだろうと思った。

また朝から晩までこき使われる暮らしが待っている。牢にいる間、少しでも身体を休められただろうか。

伏し目がちに座っていたお梅の姿が龍之進の心に妙に残った。だが、すぐに眠気が差し、龍之進はそのまま晩飯の時刻までぐっすりと眠った。

目が覚めたのは父親の大音声《だいおんじょう》のせいだった。

不破はひどく機嫌が悪かった。それを宥《なだ》めているのは伊三次だった。

「中田屋の親仁《おやじ》は客の相手をさせていねェと言っておりやす。他の見世の者もそれは間違いねェと言っておりやした。口裏を合わせているふうではありやせんでしたよ」

伊三次はいつものように穏やかなもの言いだ。

「お梅がうそをついたと言うのか。おれには、とてもそうは思えんがな。いいか、事が事だ。悪くすれば奴の刑で吉原送りになるんだぞ。やっていねェと白《しら》を切るのが普通よ。それを敢《あ》えて、あい、確かにその通りでござんす、どうぞ、吉原に送っておくんなさいと言うところは、そういうことがあったとしか考えられねェ。お梅はまだ十四だ。そんな小娘にまで怪しげなことをさせる中田屋は一巻の終わりよ。ざまァ、見さらせだ」

口汚く吐き捨てた不破の言葉に龍之進の胸は硬くなった。お梅が、あのお梅が客を取っていたというのか。

龍之進は寝間着のまま、書物部屋に向かった。

「若旦那。昨夜は宿直だったそうで、ご苦労さまでございやす」

伊三次は如才なく挨拶した。

「父上の声がわたしの部屋まで聞こえて来ました。盗み聞きするつもりはなかったのですが……」

龍之進は上目遣いに不破を見ながら口を開いた。

「お前ェ、以前にお梅を見掛けているんだってな。伊三次から聞いたぜ」

「はい。片岡さんの指示で日川道場へ捕縄の稽古に行った帰りです」

「それで？」

「は？」

「その時のお梅の様子だよ。お前ェの目から見て、客を取っていたように見えたか」

「いいえ。ちょうど、中田屋に使われている男がやって来て、さっさと洗い物をしろとお梅を怒鳴りました。お梅は板場の下働きをしているようにしか見えませんでした。ですが、その内にお梅も客を取らされるのだろうと、わたしは、ぼんやり思いましたが」

そう言うと、不破と伊三次は顔を見合わせた。

「お梅は客を取っていたと白状したのですか」

龍之進はひと膝進めて不破に続けた。

「ああ。それで奉行所も大弱りよ。どうしたらいいものかと」

「お梅は、なぜ白状したのでしょうか。中田屋にいるのも吉原へ行くのも、どの道、同じだから、まだしも吉原の方がいいとでも考えたのでしょうか」

龍之進の言葉に不破と伊三次は、また顔を見合わせた。

「お前ェはそう考えるのか」

不破は吐息混じりに訊き返した。

「さして理由がないのなら、そうだと思います。お梅は向こう十年分の給金を親に持って行かれているようでしたから」

「ま、お梅の身の振り方はお奉行の指示があるだろう。それまでお梅を奉行所に留め置く。龍之進、ご苦労だが、明日もまた宿直に就いてくれ。岡場所の手入れがまだ続くのでな」

「ええっ？」

その時だけ龍之進は素《す》っ頓狂《とんきょう》な声を上げた。

「文句を言うな。おれなんざ、見習いの頃に十日連続で宿直をしたことがある。それに比べりゃ、お前ェ達は楽なもんだ」

不破は豪気に言い放った。

四

翌日の宿直には緑川鉈五郎と二人で就いた。

鉈五郎も父親から言い含められたらしい。

二人は奉行所の表門の傍にある牢屋同心の詰所で渋茶を啜《すす》りながら床几《しょうぎ》に座っていた。

「あの娘はどうなるのでしょう」

龍之進は低い声で鉈五郎に訊いた。

「さてな。手前ェから吉原送りにしてくれと言ってるんだから、さっさと言う通りにしたらいいものを、お奉行は前例、前例とやかましく言い立てるばかりだ。そんな前例などあるかよ。梅田の爺《じじ》ィも娘の顔を眺めるのが楽しみで、なかなかいい案を出さぬ」

鉈五郎は不愉快そうに応える。

「まさか。梅田さんがそんな理由で調べを遅らせたりはしないでしょう」

「梅田の爺ィは警動があってから、ずっと奉行所に居残っているぜ。もうすぐ様子を見に現れるだろうよ。父上は梅田の爺ィに気をつけろと念を押された」

「あの娘に興味があるのでしょうか」

「奴は若い娘が好みらしい。それもとびきり若いのがな。十年ほど前に顔見知りの商家の娘の胸を触ったとかで問題になったこともあるそうだ」

「そんな人が奉行所の役人だなんて……」

「役人は結構、助平な連中が揃っているぜ。おれの父上も外に女がいる」

「……」

「知っていたか」

「いえ」

「相手は伊三次の女房のダチだそうだ。お前の父上はどうだ？」

「わかりません」

むっと腹が立った。鉈五郎は唇を歪めて皮肉な笑みを洩らした。

「ま、そんなことはどうでもいい。梅田の爺ィがよからぬことを考えぬように目を光らせることだ」

梅田瀬左衛門の意図が龍之進にはわかりかねた。いったい何を考えているのか。

「もし、お役人様……」

牢からお梅の細い声が聞こえた。龍之進は腰を上げ、壁を回り込んで牢の前に出た。詰所は牢と繋《つな》がっている。

「何んだ」

「今夜はお役人様が見張りをされるのでしょうか」

「ああ、そうだ。何か困ったことがあれば遠慮なく言え」

龍之進は役人口調で応えた。

「ずっと朝までここにいらっしゃいますか」

お梅は格子の前までにじり寄って訊く。

「ああ」

「途中で抜けたりなさいませんか」

「お梅。何を心配しておる」

そう訊くとお梅は俯《うつむ》いて黙った。言おうか言うまいか、思い悩んでいる様子だった。

「拙者達が途中で席を外すのがいやなのか」

そう訊くとお梅は顔を上げ、こくりと肯《うなず》いた。

「それはなぜだ」

お梅はまた黙る。梅田瀬左衛門のせいだろうか。龍之進に、ふと疑念が湧いた。

「ここにいる間、見張りの者以外で誰かやって来たか」

「え、ええ……」

「誰だ」

「梅田さまとおっしゃる方です」

「梅田さんは何んの用事でやって来たのだ」

「最初はお取り調べだったようで、親ときょうだいのことを訊かれました」

「それから？」

「翌日はお団子を差し入れて下さいました。それから顔を洗えとおっしゃって、桶にお湯を入れて持って来て下さいました」

「親切な人だな」

「はい。あたしもそう思いました」

お梅はそう応えたが、さほどありがたがる様子でもなかった。

「梅田さんはお前に何かしたのか」

ずばりと訊くと、お梅の顔色が変わり、ごくりと唾を飲んだ。

「それで、梅田さんは……」

そこまで言った時、銈五郎が「龍之進！」と声を荒らげた。銈五郎は突っ込み過ぎる龍之進を制したのかと思ったが、そうではなかった。

梅田瀬左衛門が湯気の立つ焼き芋を携《たずさ》えて現れたのだ。

「いやいや、ご苦労さま。ほれ、差し入れだ。ちょうど小腹が空いた頃だろうと思っての」

瀬左衛門は温顔をほころばせて言う。

「恐縮でございます」

鉈五郎は緊張した声で礼を言った。

「お梅にも喰わせるつもりだ。おぬし達、ちょいと用部屋に戻って休むがよい。その間、わしが代わりに見張りをするゆえ」

「しかし……」

龍之進は躊躇《ためら》った。ここで目を離す訳にいかないと思った。

「何を心配しておる。夜は長いですぞ。ここで休養を取らなければ、朝までもちませんぞ」

口調は柔らかいが、瀬左衛門には有無を言わせぬものがあった。

「龍之進。梅田さんのおっしゃる通りにしろ」

鉈五郎は急かした。瀬左衛門には目を光らせると言ったくせに、あっさりと前言を翻《ひるがえ》していた。

龍之進はちらりと牢を見た。お梅は俯いて身じろぎもしなかった。

「それでは小半刻ほど席を空けます」

龍之進は観念して応えた。

「そうそう、それがよろしい。どれ、牢の鍵も預かりますぞ」

「え？」

「たとい小半刻でもお梅に何かあってはいけませんからな」

瀬左衛門は、しゃらりと続けた。牢の鍵は鉈五郎が持っていた。鉈五郎は、あっさりと瀬左衛門に鍵を渡した。

玄関に通じる敷石を歩きながら「あいつ、絶対、お梅に何かする」、龍之進は憤《いきどお》った声で言った。

「わかっているさ。だが、所詮、お梅は遊女になる宿命《さだめ》の娘だ。ここで四《し》の五《ご》の言ったところで始まらん。梅田さんに睨まれるより目を瞑《つぶ》っていた方が得だ」

龍之進が鉈五郎を嫌う理由は、そんな姑息な部分でもある。本日の宿直の相手が喜六だったらどうしたろう。左内だったらどうだったろう。龍之進は今さら詮のないことを考えた。

用部屋に着くと、鉈五郎は茶を淹《い》れ、焼き芋にかぶりついた。

「うまいぞ。龍之進も喰え」

呑気にそんなことを言う。龍之進も茶をひと口啜ってから焼き芋を口にした。だが、味がまるで感じられない。焼き芋に騙されて己れは人の道に外れたことをするのか。

いかにもお梅は遊女の宿命を背負う娘だ。だからと言って、役人が慰みものにしてよい訳がない。牢はお梅にとって、つかの間の休息場所なのだ。そこでも生きた心地がしないとすれば、お梅の浮かぶ瀬はないだろう。

龍之進はものも言わず立ち上がった。

「よせ！」

鉈五郎は龍之進に怒鳴った。

「やはり、このまま見過ごすことはできん」

龍之進は鉈五郎を見下ろして言った。

「恰好《かっこう》をつけるな」

「恰好などつけてはおらぬ。職務を全《まっと》うするだけだ。何か起きて、お梅が外でぺらぺらと喋ってみろ、奉行所の威信に関わる」

「おれは知らんぞ」

「ああ。知らなくて結構。今夜の宿直の責任はすべてわたしが取る」

「お前も偉くなったものだ」

鉈五郎が皮肉を洩らした時、龍之進は、すでに用部屋の外に出ていた。ひとつ大きく息を吐《つ》いた。自分の敵は本所無頼派《ぶらいは》ばかりでなく、奉行所の役人の中にもいると思った。たとい相手が奉行所の生き字引と称される人物でも怯《ひる》んではならぬ。ここで怯んだら、自分は一生、都合の悪いことから目を逸《そ》らす人間になりそうだった。これから自分がすることは、そうならないための試練だった。

玄関の外に出ると、星が瞬《またた》いていた。夜風がひんやりと感じられる。覚悟を決めたくせに龍之進の身体は震えていた。

五

同心詰所に近づいた時、龍之進は自然に忍び足になった。全身を耳にして中の様子を窺《うかが》う。お梅が許しを乞う声がきれぎれに聞こえた。それとともに宥めるような、抑えつけるような瀬左衛門の声も聞こえた。悪い予感は的中したのかどうか、まだ、はっきりと判断がつかない。音を立てないように戸を開け、そっと中に入る。二人の声はさらに明瞭になった。

「お許し下さいませ。後生です。どうぞ、お許し下さいませ」

「怖がっておるのか？　案ずるな。わしはお前を一目見た時からかわゆうてならなんだ。このような孫娘がいたら、どれほど嬉しかろうとな」

「堪忍して下さい」

「お前は吉原に行くのが望みなのだろう？　望み通りにしてやるぞ。中田屋でこき使われるより、ずんとましだ。だが、吉原では、いずれ客の相手をせねばならぬ。このようなことで怖気《おじけ》をふるってどうする」

牢の扉が半開きになっているのを見て、龍之進の頭に血が昇った。瀬左衛門は、あろうことか牢の中に侵入していたのだ。龍之進はすばやく牢の前に立ち、扉を閉じた。お梅は、はっとした顔でこちらを見る。

「何をする」

振り向いた瀬左衛門は甲走《かんばし》った声を上げた。

慌てて外へ出ようとしたが、龍之進はその前に南京錠を掛けた。

「貴様！」

瀬左衛門の眼に怒りが漲《みなぎ》った。

「梅田さん。牢の中に入るのは、やり過ぎでしょう。わたし達を用部屋に追い払ったのは、お梅にふとどきなことをするためだったのですか」

龍之進は震える声を励ました。瀬左衛門は龍之進の問い掛けに応えず、格子を摑んで「開けろ、開けろ」と怒鳴る。醜態を晒《さら》して大いに慌てていた。その姿は悪態をついていた遊女達と変わらない。

「わ、わしは何もしておらぬ。お梅が急に差し込みがきたと言うので、摩《さす》ってやっていただけだ」

「ならば医者を呼びます」

「それより先に鍵を開けろ」

「いやです」

「わしに何んの恨みがあるというのだ。たかが女郎の卵をからかったぐらいで」

「お梅は女郎ではありません。奉行所が預かっている娘です。その大切な預かり者にふとどきな真似をされては困ります」

「わかった、わかった。わしが悪かった。この通り謝る。だからな、不破君。見逃してくれ」

瀬左衛門は泣き出さんばかりに縋《すが》った。脅しが通用しないと察すると、今度は泣き落としか。喰えない男だと思った。

「龍之進。もうそのぐらいにしておけ」

ようやくやって来た鉈五郎が声を掛けた。

龍之進は返事をしなかった。どいつもこいつも、ろくな者ではないと思った。

鉈五郎は短く舌打ちして、龍之進を押し退《の》け、鍵を開けた。瀬左衛門は転がるように飛び出した。そのまま詰所の外に去って行った。

「お梅。大丈夫か」

龍之進は中のお梅に訊いた。「大丈夫です」と応えたが、その後で「途中で抜けないと約束したのに」と、独り言のように呟いた。

「悪かった。もう抜けたりはしないぞ。朝まで傍にいるから安心して寝ろ」

龍之進もようやく落ち着きを取り戻し、穏やかな声で言った。

「まだ胸がどきどきしています。すぐには眠れそうにありません」

お梅は腕を交差して胸を抱く仕種《しぐさ》をしていた。

「よし。何か話をしよう」

龍之進は転がった床几を格子の前に引き寄せ、静かに腰を下ろした。

「おれはそっちにいるぞ。眠くてかなわん。あの焼き芋に眠り薬でも入っていたのかな」

鉈五郎は野放図な欠伸を洩らして言う。

「香ばしい欠伸だこと」

龍之進が冗談混じりに言うと、お梅が笑った。香ばしいが受けたらしい。


夜も更けて、火鉢にのせた鉄瓶がしゅんしゅんと湯をたぎらせる音と、時々、野良犬の遠吠えが聞こえるぐらいで、辺りは静かだった。

「中田屋の近くに稲荷があるだろう？　わたしはそこでお前を見かけたことがある」

「いつ？」

お梅の声は牢の壁に反射して、言葉尻が尾を引いて聞こえた。

「そうだなあ。ひと月前かな」

「覚えていません」

「お前は長いこと稲荷に掌を合わせて祈っていた。何を祈っていた？」

「恥ずかしい……」

「何が恥ずかしい。好きな人と一緒になれますようにってか」

「そんな人はおりません」

お梅はむきになって否定した。

「そうか」

「笑わないで下さいね。あたし、もう少し眠る時間がありますようにってお祈りしていたんです」

「眠る時間？」

龍之進は怪訝《けげん》な顔でお梅を見た。常夜灯は点《つ》いているが、それはお梅の顔をはっきりと映し出すまでいかない。

「あたし、お腹が空くのは我慢できるんです。でも、夜中まで働いて、ようやく蒲団に入ったかと思うと、すぐに朝になってしまうの。ううん、朝じゃない。まだ、外が暗い内に起こされるの。板前さんが仕入れた青物を洗ったりしなきゃならないから。眼が開かないのよ。半分、眠りながら大根を洗ったりするの。嵐や大雨になって見世が早仕舞いになると、あたしはゆっくり眠れるから嬉しいの。見世の姐《ねえ》さん達はお天気が荒れるとあたしが喜ぶので、変な子と思っていたみたい」

「そうか。それでは、この二、三日はよく眠れたか」

「梅田さまがいらっしゃるまでは」

「本当にすまなかった。後で上の者に申し上げ、きつく注意していただくゆえ、許せ」

「お役人さまが謝ることはありませんよ」

「お役人さまはよせ。わたしは不破龍之進と申す」

「不破龍之進さま……いいお名前ですこと」

「世辞はいい」

「お世辞じゃありません。まだお若いのでしょうね」

「ああ。去年、見習いに上がったばかりだ。まだ十五だ」

「あら、あたしより一つしか年上じゃないのね。でも、梅田さまに文句をおっしゃった時は、とても頼もしく見えましたよ」

「そうか」

龍之進は胸をくすぐられるような気持ちになった。若い娘とこのように長いこと話をするのは、かつてなかった。

「お前は本当に吉原へ行くことを望んでいるのか」

龍之進はお梅の本心を聞きたかった。

「ええ。吉原には、あたしのいとこの姉さんがいるの。時々、手紙を送ったり送られたりしているのよ。どうせ売られるのなら、最初から姉さんのいる吉原に行きたかったのよ。でも、お父《と》っつぁんは、その時だけ体裁をつけて駄目だって。姉さんと同じ見世で働きたいのよ。姉さんの見世の庭にはね、のうぜんかずらが咲いているんですって。夏から秋まで、咲いては散り、咲いては散りして、そりゃあきれえだって」

お梅は夢見るような表情で言う。どんな花なのか龍之進にはわからなかった。

「やっぱり、あたしは中田屋へ帰らなければならないの？　不破さま、そうなの？」

「わからん。だが、わたしの父上もお前のことは案じておる。悪いようにはしない」

「行きたいなあ、吉原へ。のうぜんかずらが見たいなあ」

(お梅。吉原はお前が考えるほどよい所ではないのだぞ。金で売られた娘の行き先は、との詰まり決まっているのだ。もう少し眠りたいというお前の望みは叶うかも知れぬが。だがお梅。もっと大きな望みを持て。もっと)

埒《らち》もないお梅の話を聞きながら龍之進は胸で呟いた。いつもは途方もなく長く感じられる宿直が、その夜ばかりはあっという間に終わったような気がした。


翌朝、龍之進は前夜の経緯《いきさつ》を日誌に書いて監物に差し出した。監物は眉間に皺《しわ》を寄せ、不愉快そうな表情を浮かべて文面を読んだ。

だが読み終えると「このこと、他言無用に」と龍之進に釘を刺した。

「片岡さん。梅田さんには何んらかのお咎《とが》めがありますでしょうか」

このまま、瀬左衛門がただで済むとは思えなかった。

「梅田さんは来年で致仕《ちし》なさる。せっかくここまで務め上げたのに、最後の最後でみそをつけられるのは無念であろう」

監物は瀬左衛門を慮《おもんぱか》る言い方をした。

「しかし……」

「長いお務めの間には様々なことがあるものだ。躓《つまず》くこともある。昨夜のことは梅田さんの気の弛《ゆる》みから出たものであろう。幸い、おぬしの機転で大事に至らなかった。拙者からも礼を言う」

監物はそこで頭を下げた。

「片岡さん。事情はどうであれ、梅田さんの行為は見逃す訳には参りません」

「おぬしは、あのお梅に同情しておるのだな」

「はい。親に売られ、中田屋でろくに寝る時間も与えられず働かされて来たのです。吉原に行かせてくれと言ったのは、今より少しは眠る時間があるだろうと考えたからです。だからうそを言ってまで……」

「お梅のことは悪いようにはしない。それは約束する」

監物は龍之進の話の腰を折って、早口に言った。

「緑川さんがお梅を引き取ってくれそうな吉原の妓楼《ぎろう》に声を掛けているそうだ。その内、色よい返事があることだろう」

監物は柔和な笑みを浮かべて続けた。

鉈五郎の父親は隠密廻《おんみつまわ》り同心で吉原の面番所《めんばんしょ》に度々、詰めている。その関係で遊女屋の主やお内儀《かみ》に知り合いも多い。

「お梅はいとこのいる見世で一緒に働くことを望んでおります」

龍之進はお梅の要望を伝えた。

「ふむ。ならば、そのように話を進めよう。だからな、この度のことは目を瞑れ。梅田さんも大いに反省しておると思うのでな」

「………」

それが取り引きなのだろう。龍之進は納得した訳ではなかったが、渋々、監物の言い分を飲んだ。監物は安堵して、龍之進の日誌に筆で線を入れ、文面を削除した。

用部屋に戻ると、見習い組の連中は「首尾はどうであった」と龍之進に訊いた。どうやら昨夜のことは鉈五郎が皆んなに喋ったらしい。

「どうもこうもありません。片岡さんにうまく丸め込まれました」

龍之進はくさくさした表情で言った。鉈五郎は、きゅっと眉を持ち上げ「そんなところだろう」と応えた。

「梅田さんは来年、致仕されるので、片岡さんはここで事を荒だてたくない様子でした」

「まあな。これでお梅を手ごめにしたというなら話は別だが、未遂で終わっているのだから、それも仕方がない」

譲之進は腕組みして応える。

「わたしが様子を見に行かなかったら、どうなっていたかわかりませんよ」

龍之進は鉈五郎に当てつけるように言った。

「済んだことは言うな」

鉈五郎は吐き捨てる。春日多聞は呆れた顔をした。

「お前は龍之進に放っておけと言ったくせに」

「あの場合、そう言うしかなかったんだ。相手は梅田の爺ィだぞ」

鉈五郎はむきになる。

「わかった、わかった。それより龍之進。おぬし、あのお梅という娘とひと晩中、話をしていたそうだな。どんな話をした。え？　聞かせろ」

譲之進は興味津々という態《てい》で訊く。

「別にこれといった話はしておりませんよ。朝早くに起こされるので眠くてかなわないとこぼしておりました」

「ほうほう。それから？」

「もう、そんなことはどうでもいいじゃありませんか。片岡さんは昨夜のことは他言無用と釘を刺しました。皆さんもよそでいらぬことは喋らないように」

龍之進は念を押した。朝の申し送りが終わると、鉈五郎はひと足先に帰宅し、後の連中も左内を除いて見廻りに出た。左内は例繰方から頼まれた書類の整理があるので奉行所に残った。

「大変だったな」

左内は日誌を眺めていた龍之進に声を掛けた。

「ええ。見て下さい。昨夜のことはすべてこれですよ」

汚らしく線を引かれた日誌を龍之進は左内に差し出した。

「書き直さなければなりません。せっかく苦労して書いたのに」

龍之進はぶつぶつ文句を言った。

「それはわたしが代わりにやっておく。龍之進はさっさと家に帰って休め」

左内は鷹揚に言った。

「え？　本当ですか」

「ああ。お前のお蔭でわたしの仕事もやり易くなった。これから大威張りで例繰方の書庫へ入れるというものだ。今までは梅田さんに何かと嫌味を言われていたからな」

左内は時々、務め以外のことでも書庫にこもって調べ物をすることが多かった。

「西尾さんに喜んでいただけるのなら、不幸中の幸いというものです」

龍之進はようやく笑顔を見せた。

「よく梅田さんを止めた。龍之進、お前は偉いぞ」

左内の褒《ほ》め言葉は舞い上がりたいほど嬉しかった。

六

吉原に秋の陽射しがあふれていた。とは言え、昼下がりの仲《なか》ノ町《ちよう》界隈は通り過ぎる人も疎《まば》らで、どこか気だるい雰囲気がした。

龍之進は喜六と一緒に吉原を見廻っていた。

お梅が吉原に引き取られて間もなかった。お梅は引き手茶屋に女中奉公することになった。そこが遊女屋でなかったのが、龍之進を僅かに安堵させた。引き手茶屋は客を遊女屋へ仲介する見世だった。

その引き手茶屋の主は、お梅の借金を立て替えたという。

お梅の父親は娘が吉原に行くことに反対し、ごろついたらしい。勝手な父親である。

引き手茶屋の主は娘を喰いものにする親を、さんざん見て来たので、今後、父親が見世に無心に来ても断固撥《は》ねつけると強い口調で言ったそうだ。

お梅のいとこの見世は、その引き手茶屋から一町ほど離れた所にあった。いとこは小花《こはな》という源氏名の十八歳の遊女だった。小花も暮らしが立ち行かなくなった親のために苦界《くがい》づとめをしていたのだ。仕事の合間にお梅と話をするぐらいの暇はあるだろう。お梅は小花の近所で働けることを大層喜んでいるという。

見廻りの途中、龍之進が引き手茶屋に顔を出した時、お梅は大門《おおもん》の外へお使いに出て留守だった。しかし、お内儀の話では毎日元気に働いているということだった。

「残念でしたね」

見世から出ると喜六は龍之進を慰めた。

「でも、元気そうで安心しました。中田屋にいるよりはましでしょう」

「そうですね。しかし、借金に縛られているのは中田屋もあの見世も変わりがありません。不憫《ふびん》ですよ」

喜六は低い声で言った。

「お梅の父親はお梅を十両で売ったそうですが、中田屋は蒲団代だの、食い扶持《ぶち》だのを差し引いて渡したので、実際は七両ぐらいしか受け取っておりません。でも、引き手茶屋の主がお梅の借金の肩代わりを申し出ると、中田屋は平気で十両を要求しているんですからね。呆れた話です」

龍之進は不満そうに言う。

「それが世の中ですよ」

喜六はさして驚かない。柳橋の料理茶屋に生まれている喜六にとっては珍しい話でもないようだ。

「お梅に会ったら教えてほしいことがあったんだが、ま、仕方がない」

龍之進は残念そうに言った。

「何んです？」

「のうぜんかずらという花ですよ。どんな花なのか見てみたかったので」

そう言うと、喜六は含み笑いした。

「あれっ、喜六さんは知っているんですか」

龍之進は怪訝な顔で喜六を見た。

「あの引き手茶屋にもあったじゃないですか」

龍之進は慌てて振り返った。見世の前にはそれらしい花はなかった。

「見世の横の……ほら、青簾《あおすだれ》が下がっている所ですよ」

言われて龍之進は視線を移す。入り口の横の座敷は年中、青簾を下げているが、脇から覗くと中の座敷が覗けるようになっていた。その青簾の前が狭い庭となっている。そこに夕焼けのような色をした大ぶりの花がびっしりと咲いていた。

「ちょ、ちょっと、もっとよく見たい」

「いいですよ」

慌てて戻る龍之進に喜六は笑った。

のうぜんかずらは、つる性で、屋根から垂らした紐に絡みついていた。花びらは近づいて見ると濃いだいだい色で、花の中心と裏側がほんのりとした黄色だった。

「次々と咲きます。よく咲かせるためには花が終わったものをまめに摘み取ることです。そうすると、次の蕾《つぼみ》が開き易いのです」

喜六は訳知り顔で言う。

「詳しいですね」

「実家の母もこの花が好きで、庭に植えております。今より、夏の盛りの方が見事でしたよ」

「そうですか」

「存外に歴史が古くて、何んでも唐から渡って来たものだそうです」

言われてみると、その花は、どこか、この国の花にはない独特の雰囲気が感じられる。

「のうぜんかずらとは、どんな意味なのですか」

龍之進は花を見つめたままで訊いた。

「のうは覆《おお》う、凌《しの》ぐという意味があります。ぜんは大空で、かずらはつるのことです。高くつるを伸ばし、空いっぱいに咲き誇る花ということでしょうか」

それは、まさしくお梅にぴったりの花に思えた。のうぜんかずらはまた、猛暑を凌ぎ、秋まで咲き続けるたくましさもあるという。

「この花は好きです」

龍之進は独り言のように呟いた。

「母に言って株分けさせましょう。お庭にでも植えて下さい」

「是非」

意気込んで応えた龍之進に喜六が笑った。

面番所に戻る道すがら、龍之進はのうぜんかずら、のうぜんかずらと胸で繰り返した。その名を忘れないためだった。その花の名もお梅のことも忘れたくなかった。

譲之進のように、のうぜんかずらを遣った言葉を見習い組の間ではやらせたかった。

何んのこれしき、のうぜんかずら。いや、それでは収まりが悪い。のうぜんかずらの花咲けば……それはできの悪い端唄《はうた》だろう。

どうもうまい案が出なかった。

それから何度か吉原に見廻りに行く機会はあったが、龍之進はお梅と会うことはできなかった。出かけていたり、台所仕事で手が離せなかったり、間の悪いことばかりだった。

どこにでもありそうな花に思えていたが、龍之進がその後、のうぜんかずらをよそで目にすることはなかった。株分けすると言ってくれた喜六も仕事の忙しさで失念してしまったようだ。のうぜんかずらは、お梅と同様に、いっとき、龍之進の前を通り過ぎただけの花だったのだろうか。

あれは何んだったのでしょう。龍之進は思い出しては左内の口癖を呟いた。

近頃、見習い組の間では「ぽいね」が流行している。色っぽいねの略である。

ぽいね、ぽいね。見廻りに出ると、その言葉は見習い組の間で盛んに飛び交う。北町奉行所、見習い同心の面々は、まだまだ無邪気である。

本日の生き方

一

朝の五つ（午前八時頃）を過ぎると、八丁堀の組屋敷内はのどかな静けさに包まれる。与力、同心の妻は主《あるじ》を奉行所に送り出し、誰しもほっとひと息をついている。妻は明《あけ》六つ（午前六時頃）の鐘が鳴る前に起床し、朝食の準備をする。井戸の傍《そば》に洗面の用意をしてから主を起こす。主は寝ぼけ眼《まなこ》で口をすすぎ、顔を洗う。朝食を終えた頃に髪結い職人がやって来て、主の髪を結う。奉行所の役人達は毎朝髪を結うのが日課である。髪を結うかたわらで、妻は主の着る物の用意をするが、合間に茶の一杯も飲ませなければならない。髪ができ上がると、すぐさま身仕度に掛かる。主が寝間着を脱ぐと、後ろから襦袢《じゅばん》を重ねた着物を被《かぶ》せる。足袋、腰紐、帯を手渡し、羽織を着せ、紐を結んでやる。

刀掛けから大小を袂《たもと》で包んで差し出し、最後に主が朱房《しゅぶさ》の十手を帯の後ろに挟《はさ》めば町方役人のでき上がりである。

仕度は毎日同じだと言うものの、そこにはある種の呼吸があって、その呼吸が狂うと、途端に主はいらいらした様子を見せる。だから、主が従者を引き連れて組屋敷の門を出て行くと妻は緊張の糸がいっきに弛《ゆる》むのだ。

ゆっくりと朝食を摂《と》り、茶を飲む。町方役人の妻にとって、このひとときが一日の内で一番心の休まる時間だった。北町奉行所、定廻《じょうまわ》り同心を夫に持ついいなみもご多分に洩《も》れない。その朝もいなみは、いつものように夫と息子を奉行所に送り出した。

しかし、いなみは夫の不破《ふわ》に対して怒りを覚えていた。出仕《しゅっし》の仕度をする不破に手を貸しながら、まともに眼を合わせようともしなかった。周りの者はそんないなみを腫《は》れ物にでも触《さわ》るように気を遣《つか》っていた。

馬喰町《ばくろちょう》で旅人宿を営む半右衛門《はんえもん》という男の娘が行方知れずになったのは十日ほど前のことだった。半右衛門の娘は三歳で、不破の娘と同い年である。両国広小路へ女中と一緒に出かけ、女中が目を離した隙《すき》に姿が見えなくなったという。すわ、人攫《ひとさら》いに遭《あ》ったものかと半右衛門も女房も生きた心地がしなかった。不破は半右衛門の心配を他人事《ひとごと》とは思わず、同僚や小者《こもの》とともに両国広小路界隈を捜し、娘が、とある居酒屋に奉公している女の所にいることを突き留めた。

女は独り者だったが、子供を亡くした過去があった。それで迷子になって泣いている娘に気づくと、自身番に届けを出さず手許《てもと》に置いて面倒を見ていたらしい。女は自身番で油を絞られたが、咎《とが》めを受けるまでには至らなかった。半右衛門は娘が無事に戻ったことに涙をこぼして喜び、礼として金一封を不破に差し出した。

不破はその金を私《わたくし》せず、手を貸してくれた同僚と小者を料理茶屋に招いて酒と料理を振る舞った。それには、いなみも異を唱えるつもりはなかった。しかし、料理茶屋の掛かりは二分ほど足が出た。

不破は足の出た分をいなみに支払ってくれと言ったのだ。たかが四、五人の男達の飲み喰いに一両二分もの大金が掛かるのは納得できなかった。二分を負けて貰えないかと言っても不破は聞かなかった。喰ったものはしょうがねェだろうと、涼しい顔で応えた。

暮らしの不足を補うため、組屋敷内の妻達は多かれ少なかれ内職をしている。内職は世話役が持ち込んだものを手分けしてこなす。手間賃は雀の涙である。それでも暮らしの足しになると考えて、いなみは家事の合間に女中のおたつと内職に励んでいた。

一両二分はおたつの年間の給金とさほど差はなかった。自分が爪に火をともすように倹約しているのに、不破はちっとも理解していない。それどころか、いい気になって散財している。いなみの腹立ちの理由はそれだった。

今日明日にも料理茶屋に不足分を届けなければならない。いなみは朝から憂鬱だった。

「奥様。今日はお天気がよろしいので、洗い張りを致しましょうか」

おたつが朝食の後片づけを済ませると言った。

「そうですね。龍之進《りゅうのしん》さんの冬の着物もそろそろ用意しなければなりませんからね」

いなみはぼんやりとした声で応えた。

「元気をお出しなさいまし。旦那様も大いに反省されていることですし」

おたつはいなみを励ます。

「そうかしら」

「出すものは舌でもいやだという方より、ずんとましですよ。そういう方はご膳のお菜《さい》にまで口を出すものです。やれ、贅沢《ぜいたく》だの何《な》んだのと。あたしは同じようにお役人のお屋敷に奉公している女中さんから愚痴をこぼされたことがありますよ。それから、不破様は太っ腹なお人だからおたつさんが羨《うらや》ましいとも言われました」

「そう……」

おたつは懸命に不破を庇《かば》っている。その気遣いはありがたいが、いなみの気持ちは晴れなかった。

「かかいい、かかしゃん。おんもに行きましょう」

庭で一人遊びしていた娘の茜《あかね》が台所の座敷に来ていなみに声を掛けた。

「かかさんはご用があるので、お外には行けませんよ」

いなみはやんわりと諭した。

「いやッ！　何んでも駄目と言うかかしゃんは嫌い。おたつ、お前が一緒に行っておくれ」

茜はおたつに向き直る。手鞠《てまり》の柄《がら》の着物に赤い三尺帯を締めた茜は、ちょいと見には可愛らしいが、利《き》かん気な性格で、いやだと言ったら、誰がどう宥《なだ》めても駄目だった。口の達者などころも同じ年頃の子供達より図抜けている。

「お嬢様。申し訳ありませんねえ。たつもご用がたくさんで、行けないんでございますよ」

おたつは気の毒そうに応える。茜は下唇を突き出して泣きべそをかいた。

「奥様。嶋田《しまだ》にお支払いにおいでなさいませ。本日はこのようによいお日柄。散歩にはうってつけですよ」

おたつは見かねて言った。嶋田は例の料理茶屋の名だった。

「でも、洗い張りは、おたつ一人では大変ですよ」

「なに。お嬢様がお傍にいらっしゃらなければはかどりますって」

おたつは悪戯《いたずら》っぽい眼をして応えた。茜は出かけられるとわかると、すぐに玄関に行き「かかしゃん、早く」と、いなみを急《せ》かした。

いなみは短い吐息をついて腰を上げた。

二

日本橋の料理茶屋「嶋田」で支払いをする時、いなみは「少し、お高くありませんか」と嫌味を言った。

「申し訳ありません。お料理と御酒《ごしゅ》だけでしたら、それほどの掛かりにはならないのですが、不破の旦那は芸者衆を三人も呼んだものですから、その御祝儀《おはな》が……」

嶋田のお内儀《かみ》は気の毒そうな表情で応えた。

「まあ、芸者さんを呼んだのですか。それでは仕方がありませんね」

いなみはそう聞いて、渋々、納得した。

「どうぞ、これに懲《こ》りずにご贔屓《ひいき》のほどを」

お内儀は平身低頭していなみの機嫌を取った。見世《みせ》の外に出て、新たな怒りがつき上がった。男はそれほど芸者に愛想をされるのが嬉しいのかと。

しかし、もう済んだことだ。いなみは気をとり直して八丁堀へ踵《きびす》を返した。

「あ、伊与太《いよた》」

佐内《さない》町の通りに差し掛かった時、茜は突然声を上げ、繋《つな》いでいたいなみの手を振りほどき、小路へ入って行く。

伊三次の息子の伊与太が家の前で土遊びをしていた。小さな移植ごてで土を掬《すく》い、小山を作っている。伊与太は茜の声に気づくとにッと笑った。愛くるしい表情だ。両親のよい所ばかりを受け継いだ子供に思える。

「これは何？」

茜は興味津々の態《てい》で訊《き》く。

「富士のお山。お嬢《じょう》も作る？」

伊与太は鷹揚《おうよう》に言って移植ごてを差し出す。

伊与太はいつの間にか茜をお嬢と呼ぶようになった。茜は嬉しそうに肯《うなず》き、小山の上に土を足す。

「これは奥様。お早うございます」

中から伊三次の女房のお文《ぶん》が顔を出し、いなみに頭を下げた。

「今日はいいお日和《ひより》ですね。日本橋に用事を足して戻る途中で茜が伊与太ちゃんに気づきまして」

「まあ、さようでございますか。奥様、お急ぎでなければ、おぶうなど飲んで下さいまし」

お文は気軽に誘う。

「でも……」

「茜お嬢さんも遊びを邪魔されるのは承知しないでしょうし」

お文は茜の性格を呑み込んでそんなことを言う。

「それではお言葉に甘えて少しお邪魔致しましょうか」

いなみは、ようやくお文の言葉に従った。

「伊与太、茜お嬢さん。ここで遊んでいるんですよ。決して遠くに行かないこと。怖い人攫いに連れて行かれますからね」

お文は二人に念を押した。伊与太は素直に肯いたが、茜は遊びに夢中で返事もしなかった。

茶の間に上がる時、お文は腰の後ろに手をやった。どうやら腰の調子がよくない様子である。

「お腰が悪いのですか」

勧められた座蒲団を脇に寄せ、いなみは茶を淹《い》れるお文に訊いた。

「いえね、二、三日前に水を汲《く》もうとして、腰がぎくっとなったのですよ。それから痛み出しましてね、一時は夜も眠れないほどでした。ようやく峠は越しましたが、まだ本調子とは言えなくて」

お文は眉間に皺《しわ》を寄せた。そんな表情すらきれいだ。伊達に芸者はしていないものだと、いなみは感心した。

「米沢町に腕のよい骨接《ほねつ》ぎ医があります。名前は失念しましたけれど薬種問屋の隣りにあるので、すぐにわかるそうですよ。以前、不破も腰を傷《いた》めた時、そこに行って一度で治りましたけれど」

いなみは親切心で言った。

「その骨接ぎ医なら聞いたことがありますよ。でも、本当によくなるのでしょうか」

お文は湯呑を差し出しながら訊く。

「多分」

念を押されて自信がなくなったのか、いなみは曖昧に応える。お文は含み笑いを洩らした。

「お座敷と伊与太ちゃんのお世話で、あなたも大変ですね」

いなみはお文を慮《おもんぱか》った。

「それはお互い様ですよ。奥様だって、あの気難しい旦那と茜お嬢さんのお世話で精を切らしておいでだ」

「そうね、本当にそうね。女はいつの世も大変なものですよ。だからって男に生まれたかったとは思いませんけれど」

思わず本音を言ったいなみにお文は眼をみはり、ついで愉快そうな笑い声を立てた。

「実は奥様。わっちもそう思っているのですよ。若い頃は月の障《さわ》りの手当てさえ煩《わずら》わしくて、いっそ男ならどれほど楽だろうと思ったこともありますが、うちの人と一緒になり、伊与太が生まれると、そんなことはきれいさっぱり忘れて、ああ、女でよかったって、しみじみ思うんですよ」

「そう思うしか浮かぶ瀬もありませんけれどね」

悪戯っぽく応えると、お文がまた笑った。

お文と話をしたことで、いなみは鬱陶《うっとう》しいものが少し晴れたような気がした。時には女同士で話をすることもよいものだと改めて思った。

小半刻《こはんとき》（約三十分）後、暇《いとま》を告げたいなみに「近くにお出かけの時は、また寄って下さいまし」と、お文は笑顔で言った。

「ありがとう、お文さん」

いなみも笑顔で応えた。

家の前には、富士の山に見立てた小山が結構な高さになっていた。

「どう？　かかしゃん」

茜は得意げに訊く。

「大したものでございます。その調子でお家に戻ったら、同じようにお山を拵《こしら》えて、お父様とお兄様に見せてあげたらいいですよ」

「でも、茜の家にはこれがない」

茜は移植ごてに未練ありげな眼を向けた。

「伊与太。茜お嬢様にお譲りしな。おっ母さんが別なのを買ってやるから」

お文は横から口を挟んだ。

「駄目ッ。これはおた（伊与太）の」

伊与太は横取りされるのを恐れて茜の手から移植ごてを奪い取った。茜は盛大に泣き声を上げた。

「帰りに荒物屋さんで買いましょう。ですから、泣かないの」

いなみは茜を宥めると、お文に礼を言い、そそくさと帰って行った。

「伊与太は意地悪だねえ」

お文は呆れたように言う。伊与太は聞こえない振りをして土遊びを続ける。

「都合の悪いことに耳を塞《ふさ》ぐのは、お父《と》っつぁんと同じだ。おっ母さんはそういうの嫌いだよ」

「ごめんよ、かんべんよ」

伊与太は歌うように応えた。それは伊三次の弟子である九兵衛《くへえ》の受け売りだろう。

「九兵衛が帰って来たら、おっ母さんはお出かけするから、おとなしく留守番しておくれね」

「うん」

伊与太はその時だけ素直に応えた。

三

お文は日本橋の舟着場から小舟を頼み、薬研堀《やげんぼり》に着けて貰った。今夜もお座敷があるので、いなみに勧められた骨接ぎ医に行ってみようという気になったのだ。治療を受けるには浴衣に着替えた方がいいだろうと思い、手には浴衣の入った風呂敷を抱えていた。名倉《なくら》整骨所は両国広小路の裏手の米沢町にある。

広小路を歩いていると、お文の目の前に人垣ができていた。女の甲高い悲鳴が聞こえたので、大道芸の類《たぐい》ではないようだ。何事かと様子を窺《うかが》うと、若い職人ふうの男が縄を掛けられ、岡っ引きと子分に引き立てられているところだった。女は男の女房のようだ。身も世もないという態で泣き喚《わめ》いている。

「何かの間違いです。うちの人は盗人《ぬすっと》なんてしていません！」

女房は岡っ引きの袖に必死で縋《すが》った。岡っ引きは「ちょいと話を訊くだけだ。心配すんな。疑げェが晴れたら、すぐに帰《け》ェしてやるよ」と、宥めた。だが、女房は承知しない。なおも岡っ引きに縋りつく。仕舞いには子分に突き飛ばされて、尻餅を突いた。

年の頃、十七、八の若い女房だ。恐らく、所帯を持って、まだ間もないのだろう。

縄を掛けられた亭主が連行されると、野次馬の人垣も自然に崩れた。だが、女房はそのまま地面を掻き毟《むし》って咽《むせ》んでいた。

「もし、お着物が埃だらけでござんすよ。気をしっかりお持ちなさいまし」

お文は見過ごすことができなくて女房に声を掛けた。涙の跡が眼の下に黒い筋《すじ》となっている。埃にまみれた顔で泣いたものだから、そんなふうになってしまったのだ。

「うちの人は盗人じゃありません」

「ああ。わかっておりますよ。だが、ここにいても始まらない。家に戻って顔を洗い、ま﹅ま﹅の仕度をしてご亭主を待つことだ」

お文の言葉に女房は緩慢な動作で立ち上がった。お文は着物の前を払ってやった。

「すみません」

消え入りそうな声で礼を言った。

「さぞかし驚いたことでしょうね。だが、生きてりゃ、いろんなことがあるものですよ。くよくよしないで」

「はい……」

「名倉整骨所はこの近くだったかえ」

「はい。うちの近所です」

「そいじゃ、そこまで一緒に行っておくれでないか」

お文の言葉に女房はこくりと肯いた。

女房は俯《うつむ》きがちになって歩き、整骨所の前まで来ると「ここです」と言った。

「ありがとよ。お蔭で迷わずに済んだ」

お文が礼を言うと、女房は少し笑顔を見せた。それから頭を下げて小路を曲がって行った。

疑いが晴れて亭主が戻って来るまで、あの女房は生きた心地もしないだろう。気の毒だが、自分にはどうすることもできない。しかし、必死で岡っ引きに縋っていた女房は、お文に忘れ掛けていた何かを思い出させてくれた。

この世でたった一人の亭主、たった一人の男だと、あの女房は精一杯、周りに訴えていた。そんな女房が、お文には少し羨ましくもあった。

気をとり直して整骨所の暖簾《のれん》を掻き分けると、中から男の胴間声《どうまごえ》が聴こえた。どうやら、骨接ぎ医が弟子の一人を叱っている様子である。

「いいか。これ以上、お上の犬がうろちょろするなら、お前には辞めて貰うことになるからな。

それは覚悟しておけよ」

やれやれ、こっちも捕物騒ぎかと、お文はため息が出た。

「ごめん下さいまし」

お文は少し大きな声を張り上げた。

「おら、客だ」

骨接ぎ医は弟子を急かした。

「お越しなさいませ。いかが致しました」

しょっ引《ぴ》かれた亭主とさほど年の差がなさそうな若い弟子は慌てて傍に来た。叱られたせいで、少し顔が青ざめていた。

「ちょいと腰の調子をおかしくしまして、診ていただけないかと」

「承知致しました」

弟子は書類棚から紙を一枚取り出して「お名前と居所を伺ってよろしいでしょうか」と続けた。

「佐内町の文と申します」

「お年は?」

「年も言わなきゃいけないんですか」

お文はすこしむっとして訊いた。

「一応、お願い致します」

「三十一でござんす」

ぶっきらぼうに応えると、弟子は薄く笑った。

「お若いですね。とてもそのお年には見えませんよ。それで、いつからお加減が悪いのですか」

「二、三日前からですよ」

「わかりました。それではこちらへどうぞ」

弟子は書き終えると、ようやく中へ促した。土間口には患者の履物を収める下駄箱が設《しつら》えてあった。お文はそこへ下駄を置いた。

八畳間ほどの部屋は衝立《ついたて》で幾つかに仕切られていた。午後一番のせいもあってか、そこに患者の姿はなかった。だが、お文が促されたのは奥の三畳間だった。どうやら、そこは女性客専用らしい。幅の広い床几《しょうぎ》が置かれ、白い覆《おお》いを掛けた蒲団が敷いてあった。

「浴衣をお持ちしましょうか」

弟子は気を遣ってお文に訊く。

「いいえ。持って参じました」

「それでは、それに着替えて、俯《うつぶ》せになってお待ち下さい」

弟子はそう言って部屋を出て行った。ほどなく先刻の骨接ぎ医が現れ、お文の背中に手拭いを掛け、骨の状態を確かめる。

「さきほどは高い声をお聞かせして、ご無礼致しました」

恰幅《かっぷく》のよい骨接ぎ医は年の頃、四十五、六だろうか。弟子とのやり取りをお文が聞いていたと察して詫びの言葉を言った。

「いいえ」

「近頃、辻斬りが頻繁に出ておりましてな、土地の親分がうちの弟子にも疑いを持って、しょっ中《ちゅう》、やって来るんですよ。これでは商売に差し支えるもので、つい小言を言ってしまいました」

「まあ、辻斬りでござんすか。怖いですねえ。でも、そういうことなら、下手人はお武家さんでしょう。おたくのお弟子さんに疑いを持つのは筋違いだ」

お文は弟子の肩を持つ言い方をした。

「うちのあれは、やっとうの稽古《けいこ》に通っているんですよ。それで親分は余計なことを考えたらしいです」

「やっとうの稽古ですか……」

骨接ぎ医の弟子には確かに無用のことだ。弟子は、いざという時の護身用に稽古をしているのだろうか。お文にはわからない。

「何か重いものでも持たれましたか」

骨接ぎ医は弟子の話を切り上げ、お文の症状に探りを入れる。

「水汲みをしただけなんですが」

「中腰の恰好《かっこう》がいけません。三十を過ぎたら、若い頃のように無理はできませんぞ」

さっきは年に見えないとおだてられ、今は年だから気をつけろと言われる。全く、人の言うことは様々だ。しかし、骨接ぎ医は丁寧に指圧して、ずれた腰の骨を元に戻すような治療をしてくれた。お文の骨は何度もぽきぽきと乾いた音を立てた。

小半刻の治療を終えると「後、二、三回、通われると治りますよ」と骨接ぎ医は言った。気のせいか、腰が軽くなったような気がした。着替えを済ませて部屋を出ると、土間口の前にさっきの弟子がつくねんと立っていた。

「お幾らでござんしょう」

手間賃を訊ねると「ありがとう存じます。四十八文になります」と応えた。按摩《あんま》の手間賃と、ほぼ同額だった。お文は何気なく弟子の表情を見た。辻斬りを働く男には見えなかったが、剣術の稽古をする理由は依然として理解できなかった。その弟子、直弥《なおや》が本所無頼《ぶらい》派《は》の一人であることは、その時のお文には知る由《よし》もなかった。

本所無頼派は市中を騒がせている本所周辺に住む五、六人ほどの若者達のことだった。

彼等は人騒がせな行動をして人々の顰蹙《ひんしゅく》を買っていた。最近は、特に目に立つような行動は見られないが、春先に呉服屋「尾張屋《おわりや》」が押し込みに遭ったのは、この無頼派の仕業《しわざ》ではないかと、ひそかに囁く者もいた。尾張屋の下手人はまだ捕まっていなかった。

帰りの舟に乗り込んで、辻斬りが頻繁に横行するとは、つくづくいやな世の中だとお文は思った。その日会った女房の亭主も、骨接ぎ医の見習いも、下手人でないことをお文は内心で祈るばかりだった。

四

八つ刻《どき》（午後二時頃）になると、見廻りに出ていた見習い組は奉行所に戻り、それぞれ、その日の行動を日誌にしたためる。合間に耳に入れた情報を仲間内に伝えることは忘れない。

「辻斬りの噂は市中でも持ち切りですね。今月に入ってからも三件、起きておりますので、無理もありませんが」

不破龍之進は自分の日誌を繰りながら言った。

「だが、辻斬りの出没した場所はまちまちで、下手人を一人に特定することは難しい。何か事件が起きると、それを真似する輩《やから》が決まって現れる。困ったものよ」

春日多聞《たもん》は苦々しい表情で応えた。

「でも、三味線《しゃみせん》堀近辺では先月の二十七日と今月の八日と、二件の届け出がありました。この二件は同一人物の可能性が高いのではありませんか」

西尾左内《さない》は、もう少し詳しい見解を述べる。

下谷《したや》御《お》徒町《かちまち》の三味線堀は御家人が多く居住している地域だった。

「長倉駒之介《こまのすけ》が養子に行った先も下谷のその近くだったな」

緑川鉈五郎《なたごろう》は日誌も書かず、詰所の壁に凭《もた》れて茶を飲みながらぽつりと洩らした。

「おぬし、辻斬りは駒之介だと言いたいのか」

橋口譲之進《じょうのしん》が緊張した顔で鉈五郎を振り返った。長倉駒之介は祝言が決まったのを潮に本所無頼派を抜けていた。確か先月の八月に祝言が行なわれたはずだ。

「可能性は絶対ないとは言えまい。奴は無頼派から抜けて他家に養子に行ったが、結構、我慢を強《し》いられた暮らしをしていると思うぞ」

「だからって、辻斬りをするか？」

譲之進は反発した。

「先月の二十七日は鳥越の紙屑《かみくず》拾いが帰宅途中で難に遭った。紙屑拾いは幸い、賊に喰らいついて、辻斬りだ、辻斬りだと騒いだので斬られずに済んだ。その時、賊は脇差しを落としている。その脇差しは結構な代物で、しかも血の痕《あと》があった。そうだな、左内」

鉈五郎は左内に相槌《あいづち》を求める。

「ええ。確かにその通りです。紙屑拾いの話では、賊には伴《とも》がいたそうです。伴の様子は家来のようだと言っておりました。とすれば、身分の高い武士ということにもなりますか」

左内は、あまり自信がなさそうに応えた。

「伴は手を出さなかったのですね」

龍之進は確かめるように左内に訊く。

「いえ。紙屑拾いが賊に喰らいついた時は間に割って入ったそうです。その時、伴の力は相当に強く、剣術か、もしくは柔《やわら》の稽古を積んでいる者ではなかったかということでした」

「その伴は本当に家来だったのでしょうか。家来だとしたら、賊の家は辻斬りを黙認していたことになります」

古川喜六《きろく》がおずおずと口を挟んだ。

「喜六。家来じゃなかったら誰だ」

間髪を容《い》れず鉈五郎が訊く。

「そのう、たとえば友達とか……」

「ダチ？　駒之介にダチがいるのか」

「だから、辻斬りが駒之介とは、まだ決まっていませんよ」

龍之進はいらいらした表情で鉈五郎を制した。

「だが、駒之介だったら無頼派の捕縛《ほばく》に弾《はず》みがつく」

鉈五郎はにやりと笑った。

「仮にその辻斬りが駒之介だとしたら、伴は無頼派の一人になるのですか」

龍之進は素朴な疑問をぶつけた。

「おうよ。伴はさしずめ直弥《なおや》か、刀鍛冶の貞吉《さだきち》あたりだろう。駒之介が顎《あご》で使えるのはその二人しかいねェ。そして、おれ達がおおっぴらにお縄にできるのも、その二人だ」

鉈五郎は自信たっぷりに言う。直弥と貞吉は町人なので、町奉行所は取り締まりができる。

「直弥は簡単に口を割りませんよ。仕置きを掛けても吐かないでしょう。そういう男です」

龍之進は何度も直弥から話を聞き出そうとしたが、その度にはぐらかされていた。その日の午前中も両国広小路近辺を縄張りにする岡っ引きの手引きで直弥の仕事場を訪れたが、つれない返答があるばかりだった。もう少し詳しい話を訊きたかったが、子分が急用だと岡っ引きを迎えに来たので、龍之進は引き上げるしかなかった。

「龍之進は弱気だな。だが、現場をとり押さえれば、奴だってぐうの音《ね》も出せまい。おれは今夜からでも駒之介を見張ろうと思う」

「片岡さんがお許しになるでしょうか」

龍之進は心細い声で言った。片岡監物《けんもつ》は龍之進等、見習い組の指導役だった。監物の許可なしに勝手な行動はできない。

「許すも許さねェもおれの知ったことではない。誰かつき合わねェか」

鉈五郎はぐるりと連中を見回した。つかの間、連中は言葉に窮《きゅう》した。

「腑《ふ》抜けめ！」

鉈五郎は吐き捨てた。

「わたしがつき合いますよ」

龍之進は渋々、応えた。すると、喜六も「わたしもご一緒します」と言った。

「年下の龍之進がやると言ってるのに、おれ達が知らん顔もできまい」

譲之進も笑顔で言う。結局、見習い組の全員が交代で張り込みをすることになった。下谷から八丁堀までは距離があるので、喜六の実家がある柳橋の「川桝《かわます》」を中継場所に決めた。その夜は川桝で喜六が待機し、龍之進と鉈五郎が駒之介の養子先へ向かうことにした。あまり遅くなるのは翌日の務めに差し支えるので、とり敢《あ》えず町木戸が閉じるまでとし、それ以上、遅くなった時は何か起きたものと考え、喜六は八丁堀の左内の組屋敷に走り、後の仲間と応援に駆けつける手はずを調《とと》のえた。

「この間の辻斬りから、ちょうどひと回り（一週間）が過ぎた。今夜あたりは怪しいぞ。龍之進、抜かるな」

譲之進はなぜか嬉しそうな顔で言った。

「日誌は書き終えたか」

突然、障子ががらりと開いて監物が顔を出した。見習い組は慌てて机に屈《かが》み込んだ。

「何んだ。よからぬ相談でもしておったのか？　しょうのない奴等だ」

口汚く言っているが監物の眼は笑っている。

見習い組を実の弟とも思っている。龍之進はそんな監物に少しだけ良心が咎めていた。

佐内町に戻ったお文に九兵衛は「おかみさん。今夜はお客さんの都合で、お座敷は休みになるそうです。さっき、前田から使いの人が来て言ってました」と告げた。前田はお文が籍を置いている芸妓《げいぎ》屋のことだった。

「おや、そう」

急いで戻って来ただけに何んだか気が抜けた。茶の間に上がると、伊三次の商売道具の入っている台箱《だいばこ》が隅に置いてあった。

「うちの人はどうしたえ」

台箱が置いてあるということは髪結いの仕事も仕舞いである。しかし、伊三次の姿はなかった。

「帰る途中で深川の親分が盗人を捕まえて茅場《かやば》町の大番屋に連れて行くのと出くわしたんですよ。親方は自分も一緒に行くから、おいらに台箱を持って先に帰れと言ったんです」

「そうかえ。そいじゃ、うちの人は大番屋にいるのだね」

「へい」

「深川でも盗人が出たのか。油断がならないねえ」

「いいえ。盗人は両国広小路を荒らして、深川に隠れていたらしいですよ」

「え？」

つんとお文の胸が硬くなった。

「九兵衛。盗人は若い男かえ」

お文は早口に訊いた。その日会った、若い女房の顔が脳裏を掠《かす》める。亭主をしょっ引いたのは、増蔵ではなかった。それが腑に落ちない。

「ええ。二十歳ぐらいの痩せた男で、結構、男前でした。おいらは、身体が達者なんだから、まっとうに働いたらいいのにと思いました」

「わっちも骨接ぎに行く時、盗人がしょっ引かれて行くのを見たんだよ。女房が泣いていて気の毒だった。それは別の事件だったんだろうか」

お文は首を傾《かし》げた。

「親分の口ぶりでは、広小路の事件は、皆、深川の親分が捕まえた野郎の仕業みたいでしたよ」

「それじゃ、あの女房の亭主は濡れ衣《ぎぬ》を被《かぶ》せられていたんだろうか」

「さあ、おいらはよくわかりやせん」

「ちょいと気になる。九兵衛、わっちは様子を見てくるよ」

お文は慌てて下駄を履いた。伊与太が泣き声を立てて後を追う。

「おっ母さんはお仕事！」

九兵衛はぴしりと伊与太を制した。

五

茅場町の大番屋の前まで来て、お文は足を止めた。柳の樹《き》の下に、あの若い女房が俯きがちに立っていたからだ。

「もし、おかみさん」

お文はそっと声を掛けた。

「昼間の……」

お互いに名を明かしていないので、女房もそんな返答しかできなかったようだ。

「どうやらご亭主の疑いは晴れたようですね」

「ええ、お蔭様で。さっき、本当の盗人を見ましたけど、後ろ姿がうちの人とよく似ていました。疑われたのも無理はありませんよ」

女房は仕方がないと言うように苦笑《にがわら》いした。

「よかった。わっちもほっとしたというものですよ」

「でも、おかみさんは、どうしてここへ？」

女房は怪訝《けげん》な顔で訊く。

「わっちの亭主は髪結いのかたわら、お上の御用をしているんですよ。捕まえた盗人が大番屋に連れて行かれたと聞いて、あんたの顔をふと思い出しましてね。矢も盾もたまらず、駆けつけて来たんですよ」

「そうだったんですか。あたしはおかみさんに言われた通り、家に帰って顔を洗い、お米を研いだんです。それから汁の用意もして。そしたら、広小路の親分が、うちの人の疑いが晴れてお解き放《はな》ちになるから茅場町に迎えに行けと言ってくれたんです。あたし、走ってここまで来たの。でも、うちの人、なかなか出て来なくて……」

「まだお取り調べが済んでいないのですよ。役人のやることはまだるこしくてねえ、おいそれとは行かないんですよ。大丈夫、もうすぐ出てきますよ」

お文は女房を安心させるように言った。

亭主が出て来るまで、お文は傍についていてやろうと思った。陽が西に傾き、辺《あた》りの家は夕焼けに染まっている。だが、それからしばらく経《た》っても大番屋から亭主が出て来る気配はなかった。お文も次第に不安になった。

「今夜の汁の実《み》は何んだえ」

お文はつまらないことを訊いて間を持たせた。

「お豆腐と油揚げです。うちの人、お味噌汁では、それが一番の好物なの」

「それはうちの人も同じだ。だが、近くに豆腐屋がないものだから、わっちは大根汁ばかり作るのさ。あれは次の日の煮返しがおいしくてねえ」

「あたしも大好き」

女房が眼を輝かす。と、その時、大番屋の油障子が開いて、亭主がよろよろと出て来た。

「お前さん！」

女房が飛び跳ねるように亭主の傍へ行く。

「とんだ目に遭っちまったぜ」

亭主は弱々しい声で応えた。後ろから伊三次が出て来て、亭主の肩を叩いた。

「災難だったな。だが、これで厄《やく》落しをしたと思ってよ、明日からは、また真面目に稼ぎな。お前《め》ェにはこんな可愛いかみさんがいる。かみさんのためにもがんばるこった。今にいいこともあるさ」

「へい。色々お世話になりやした」

亭主は伊三次に頭を下げた。女房も頭を下げ、ついでお文を振り返った。

「おかみさん。こちらがご亭主？」

女房は当たりをつける。

「ええ」

「そうじゃないかと思ったんです」

「へへえ、おれ達が似合いの夫婦に見えるのけェ？」

伊三次は女房の頰を人差し指でつっ突いて訊く。それはやり過ぎだろう。お文はきゅっと伊三次を睨んだ。

「ええ、とても」

女房は恥ずかしそうに応えた。

「ささ、早く帰《け》ェんな」

伊三次はお文の視線を避けて二人を促す。

何度も振り返って頭を下げる二人をお文と伊三次は笑顔で見送った。ずっと昔、自分達も同じようなことがあったとお文は思い出していた。伊三次が殺しの疑いを掛けられた時だった。あの時もこうして大番屋の前で、出て来る伊三次をじっと待っていたものだ。あの時の切ない気持ちは今でも忘れられない。

「手前ェ、悋気《りんき》していたな」

だが、伊三次は無粋な声でお文に言った。途端、甘く切ない気持ちは消えた。

「ばかばかしい。亭主が傍にいるのに女房のほっぺたをつんつんして、何を考えているのかと思っただけだ」

「だってよう、ぷくっとして可愛いほっぺたをしていたじゃねェか。いいな、若いのは」

「おあいにく様、若くなくて」

お文はそっぽを向いた。

「お文さん……」

後ろから声を掛けられて振り向くと、いなみが茜の手を引いて立っていた。茜の手には小さな移植ごてが握られていた。

「あれから荒物屋廻りでしたよ。ようやく見つかったばかりなの」

いなみは困り顔をして言った。

「申し訳ございません。伊与太に聞き分けがないもので」

お文は恐縮して頭を下げた。

「伊与太がどうしたって？」

伊三次が口を挟む。

「いえ、こっちのことですよ。ねえ、奥様」

「ええ。伊三次さんが心配することでもありませんよ。でも、こんな所でどうしました？」

いなみは怪訝そうに訊く。

「若い職人が盗人の疑いを掛けられて大番屋まで連れて来られたんですよ。でも、ようやく疑いが晴れて、女房と二人で帰って行ったところです」

お文は手短《てみじか》に説明した。

「それはようございましたね。本日はよい日です」

「ええ、とても」

お文も相槌を打った。いなみは不破が帰って来るからと、急いで亀島町《かめしま》の組屋敷へ戻って行った。

本日はよい日だ。お文は伊三次と肩を並べて歩きながら、いなみの言葉を嚙み締めていた。夕焼けは赤味を増し、陽に灼《や》けた伊三次の横顔を照らした。これが自分の亭主だ。そして伊与太の父親だ。今まで改めて思ったことはなかったが、あの若い女房と出会ったせいか、お文は伊三次に対して妙に新鮮な気持ちを抱いた。それは、口には出さなかったが。

六

下谷広小路にほど近い下谷同朋町《どうぼう》の物陰から龍之進と鈩五郎は閉ざされた長屋門を見つめていた。そこが長倉駒之介の養子先である吉田茂十郎《しげじゅうろう》の屋敷だった。吉田茂十郎は幕府の老中を務めている。子供は六人いるが、すべて女子だった。茂十郎はお家存続のために駒之介を養子に迎えたのだ。だが、茂十郎の家は長倉家より質素な暮らしぶりをしていると聞いている。駒之介はそれが不満で、今でも小遣いを実家に無心しているらしい。養家への不満が辻斬りに駆り立てる理由だとしたら、駒之介は我儘《わがまま》千万の男だと龍之進は思う。

「出て来ませんね。今夜はないのでしょうか」

龍之進は水洟《みずばな》を啜《すす》って言う。不忍池《しのばずのいけ》から吹く風が骨身にこたえた。首巻きを持参すればよかったと後悔していた。

「まだ五つ（午後八時頃）を過ぎたばかりだろう。事を起こすとしても早い」

鈩五郎は意に介するふうもなく応えた。しかし、辺りは通り過ぎる人間もいなかった。

ほとんどが武家屋敷で占められている地域である。辻番小屋の軒行灯《のきあんどん》がぼんやり点《つ》いている以外、闇に覆《おお》われている。ただ夜道を歩くだけでも気味が悪いだろう。

「見張りをすることは、朝から決めていたのですか」

吉田家を見つめる鉈五郎に龍之進は訊いた。

鉈五郎の顔も黒い影にしか見えない。毎日湯に入るので鉈五郎の体臭はあまり感じられない。これが譲之進だと、汗なのか脂《あぶら》なのか、独特の悪臭がして時々閉口する。譲之進は歯もろくに磨かない男だ。身体を清潔に保つ部分にのみ、龍之進は鉈五郎に好感を持っていた。

「ああ。座して待つだけでは埒《らち》は明かないと思ったのでな」

「それは何か胸騒ぎを覚えたとか……」

「まあな。今夜あたり、もしかしてという気がしてならなかったのよ」

「皆んなが行かなければ一人でも見張りをするつもりだったのですね」

「いや。少なくとも、お前だけはつき合ってくれるものと思っていた」

鉈五郎は振り返って薄く笑ったようだ。

「へへえ」

鉈五郎に信頼されていたかと思うと龍之進は嬉しかった。

「年上の言うことに従うのは当たり前だろうが」

至極当然の理屈を言う。

「それもそうですが」

鉈五郎が頭を前に戻した途端、扉が軋《きし》むような音が聞こえた。

「おい。物音がするぞ」

鉈五郎は色めき立つ。龍之進も慌てて首を伸ばした。

門の横の通用口が開き、提灯《ちょうちん》の明かりが見えた。頬被《ほおかぶ》りをした半纏《はんてん》姿の男が提灯を持って出て来た。その後ろから山岡頭巾の男が続く。

「駒之介でしょうか」

「わからん」

闇のせいで二人とも年齢の見当がつかない。

鉈五郎は「とり敢えず、後をつけるぞ」と言った。

「はい」

二人の男は通りを東へ向かう。龍之進と鉈五郎は半町ばかり間合を取って後から続いた。

提灯を持った男は頭巾の男の足許を照らすように先になって歩いて行く。その足取りは軽い。直弥か。そう思うと龍之進は胸の鼓動が早くなった。武家屋敷が続く通りは人っ子一人いない。早くも遅くもない速度で二人は通りを進んで行く。

「立花様の屋敷は水濠《みずぼり》で囲ってある。龍之進、足を踏み外すなよ」

鉈五郎は囁き声で注意を与えた。立花左近将監《さこんしょうげん》の広大な上屋敷は、なるほど周りを水濠にしてある。侵入者を防ぐ目的なのだ。鼻を摘《つ》まれてもわからないような闇の中、前に見える提灯の仄《ほの》灯りだけが目印だった。

立花左近将監の屋敷前を抜けると、ようやく明るい光が眼に飛び込んできた。そこは華蔵院《けぞういん》の門前町で、商家や民家が軒を連ねている。

灯りは夜遅くまで商売をしている居酒屋のものだった。同じような見世が三軒ほど並んでいる。

山岡頭巾と頬被りの男は、そこまで来て歩みを止めた。頬被りは持っていた提灯の灯を消した。そのまま二人は佇《たたず》んで動く気配を見せなかった。

華蔵院門前町から南へ半町も歩けば三味線堀に出る。辻斬りのカモを探しているのかと思った。やはり、山岡頭巾の男は駒之介で、頬被りは直弥なのか。龍之進の疑問は次第に確信へと変わっていた。

「事を起こすつもりでしょうか」

通りの角にあった辻番小屋の陰から様子を窺いながら龍之進は訊いた。

「恐らくな」

「どうしてここなのでしょう。近くには辻番小屋もあるのに」

辻斬りをするには適当な場所と思えない。

「ここは町家だ。奴の屋敷の近くにも町家はあるが、近所は幾ら何んでもまずいだろう。奴は武士を斬るつもりはねェのよ」

町人ならば斬り捨てても問題がないということか。龍之進は憤《いきどお》りを覚えた。門前町の酔っぱらいを狙うつもりなのか。酔客の笑い声が辺りに響いていた。

「奴等が通りに出て、事を起こしそうになったら走れ。手出しはするな。辻斬りだと大声を出せ」

銘五郎は相変わらず、ひそめた声で龍之進に命じた。龍之進は十手を取り出し、強く握った。

やがて一軒の見世から男が出て来た。足許が覚《おぼ》つかないほど酔っている。男は端唄《はうた》を口ずさみながら三味線堀の方角へ歩いて行く。恐らく、塒《ねぐら》はその先の神田佐久間《かんださくま》町辺りだろう。二人の男の影がゆっくりと動いた。

「行くぞ」

銘五郎は龍之進を促した。

「はい」

酔った男は三味線堀まで来ると、立ち小便を始めた。頭巾の男はその後ろにそっと近づき、刀の鯉口《こいぐち》を切った。

やられると思った瞬間、「辻斬りだ、辻斬りだ！」と、龍之進はあらん限りの声を張り上げた。酔っぱらいはぎょっとして振り向く。

そのまま金縛りに遭ったように立ちすくんだ。何事かと静かな通りに人も出て来た。その数、およそ二十人ほど。

「駒之介、神妙にしろ」

銘五郎も大音声で叫ぶ。頭巾の男の前に頬被りの男が庇《かば》うように立ちはだかった。間近に見て、龍之進はそれが直弥であると、はっきりわかった。

「直弥、ついに尻尾を出したな」

龍之進がそう言うと、直弥は両手を拡げた。

掛かって来いと挑発していた。駒之介は野次馬の視線に晒《さら》され、たじろいでいる様子だった。

「くそッ」

龍之進は、かっと頭に血が昇った。しかし、次の瞬間、信じられないことが起きた。駒之介が直弥の背中に刀を突き入れたのだ。直弥は驚いた表情で振り返ったが、駒之介は力を弛めなかった。

「若、これはねェでしょう。約束が違いやすぜ」

激しい口調で直弥は詰《なじ》る。直弥がぐっと足を踏ん張ると、駒之介は刀の柄《つか》から手を離し、そのまま逃げた。

「後を追います」

龍之進はすぐに言った。

「いや、待て。後を追ってもおれ達が奴を捕まえることはできぬ。明日、お奉行から目付《めつけ》に進言していただく」

鉈五郎は、はやる龍之進を制した。鉈五郎はもがく直弥の背中から刀を引き抜いた。直弥の半纏は雨に打たれたようにびっしょりと濡れた。

「誰か土地の親分と医者に知らせてくれ。それから戸板も持って来てくれ」

銃五郎は倒れた直弥を取り囲んでいる野次馬に言った。「へい」と素直な返答があって、二、三人の男達が自身番に走った。血が止まらない。龍之進は直弥の頭の手拭いを取り、それを背中に押し当てた。

「しっかりしろ。すぐに医者が来るからな」

龍之進は直弥を励ます。年寄りの辻番が「どうしやした」と声を掛けた。

「こいつは辻斬りの一味だ。だが、仲間に斬られたのだ」

龍之進は事情を説明した。

「ここでは何んですから、番屋に運びやしょう」

迷惑を恐れて知らん顔をする辻番も多いのに、その年寄りは親切だった。野次馬に手伝わせて、直弥を辻番小屋に運び入れた。だが、直弥の出血は止まらなかった。手拭いは真っ赤に染まった。年寄りの辻番は直弥を裸にすると、手慣れた様子で襤褸《ぼろ》きれを巻きつけた。

「医者が来るまでの急場しのぎでさァ」

「恩に着る」

龍之進は辻番に礼を言った。辻番は汚れ物の始末をしに外へ出て行った。狭い座敷に寝かせられた直弥は痛みを堪《こら》えながら、じっと眼を閉じていた。

「直弥。もう一人は駒之介だな。しかと相違ないな」

鉈五郎は確かめるように訊く。直弥の眼が、その時開いた。

「それを言わねェのが仁義……」

掠《かす》れた声でようやく応えた。

「この期《ご》に及んで、まだ庇うか。貴様は愚か者だ！」

鉈五郎は激昂《げっこう》した声を上げた。

「愚か者で結構」

直弥は皮肉な調子で言う。

「無頼派の仲間が好きだったのだな。お前は友達思いの男だ。だが、これで無頼派は崩れるだろう」

龍之進は直弥の傍に座って言った。

「そうかな」

直弥はそう応えたが、視線は煤《すす》けた天井へ向けられた。

「尾張屋の押し込みも無頼派か」

龍之進は直弥の額に湧き出た汗を手拭いで拭いてやりながら訊いた。直弥はうるさそうに顔を振り「それも言わねェのが仁義」と不敵に言う。

「直弥。墓穴を掘ったな。違うと言えばそれでよかったのに」

龍之進の言葉に直弥ははっとした顔になり、それからとり繕《つくろ》うように笑った。

「餓鬼《がき》のくせに結構、鋭いじゃねェか。だが、おれはこれでお陀仏になるだろう。心ノ臓《しんぞう》がどくどくと音を立てていらァ。もう、お仕舞《しめ》ェよ。ふん、死人《しびと》の口書き（供述書）は証拠になるめェ」

「もう喋るな。いずれ無頼派はおれ達が捕らえる。お前を裏切った駒之介も地獄に落としてやる」

龍之進は直弥をじっと見て言った。

「豪気だな。だが、そううまく行くまい」

「駒之介は明日、目付から呼び出しを喰らうだろう。吉田家から勘当され、門から外へ出た途端、ふん捕まえるという寸法だ。お前が口を割らずとも、一部始終をおれ達が見ている。証拠もくそもあるか」

鉈五郎が憎々しげに口を挟んだ。

「ほざくな、下郎！」

直弥は怒鳴り、その後で「かッ」と気を吐いた。しかし、そのまま動かなくなった。大きく開かれた眼は虚空を睨んだままだった。

鉈五郎は舌打ちした。

「死んだ？　直弥は死んだのですか」

龍之進は信じられなくて訊く。直弥の身体はまだ温かかった。

土地の岡っ引きと年寄りの医者が現れたのは、それから間もなくだった。

川桝に着くと、驚いたことに見習い組と片岡監物が待っていた。龍之進と鉈五郎はいきなり監物に頰を張られた。

「こんな勝手なことをしていいと思っているのか。もしもの時には貴様等のご両親に何んとお詫びしてよいかわからぬ。おれは腹を切らねばあいすまぬ」

監物の眼は赤くなっていた。

「誰が喋った」

鉈五郎は怒気を孕《はら》んだ声で誰にともなく訊いた。監物の拳が加減もなく鉈五郎に降った。

「誰が喋らずとも、貴様等が戻って来ないと八丁堀は大騒ぎだ。入れ替わり立ち替わり、下男やら女中やらが居所を確かめに来て、おれは飯を喰う暇もなかった」

「少しは痩せるだろう」

譲之進が小声で言ったことも、監物には聞こえたらしい。「こらッ」と怒鳴る。譲之進は首を竦《すく》めた。

「これから奉行所に戻り、貴様等は反省文を書け。全員だ」

それがお仕置きなのだろう。

「明日は直弥の検屍を改めて行なう。吉田駒之介についてはご公儀にお任せする。よいな」

監物は有無を言わせなかった。喜六の母親は見習い組のために握り飯を用意してくれた。一番嬉しそうだったのは、ほかならぬ監物だった。

七

大火鉢の上の鉄瓶がしゅんしゅんと音を立てている。深夜の部屋は紙燭《ししょく》の明かりが眩しかった。しかし、見習い組は眠気に勝てず、おおかたは机に俯したり、壁に凭れていたりと、様々な恰好で眠り込んでいる。左内だけは、さっさと反省文を書き終え、この機会に気になっていた調べ物に精を出していた。

「何んだ。起きているのはお前だけか」

様子を見に来た監物は呆れたように言った。

「皆、疲れているのです。大目に見てやって下さい」

左内はすまない顔で詫びる。

「おぬしが謝ることはない」

「いえ。この度のことは我等の連帯責任ですから」

「そうか」

見習い組の結束が固いことに、監物はその時だけ満足の笑みを洩らした。

「これで辻斬りも収束するかな」

監物は火鉢の炭を掻き立てて言う。

「どうでしょう。それはご公儀次第だと思います。直弥と一緒にいたのが駒之介かどうかは、龍之進も緑川もはっきり確かめていないので、わたしは何んとも言えません。それに吉田家は駒之介を必死で庇うでしょうし、町人の直弥が死んだことを、ご公儀がはたして重く見るかどうかも疑問です」

左内はにこりともせずに応える。

「それもそうだ。不破と緑川はよくやった。いずれ定廻り同心として活躍することだろう。いや、頼もしい限りだ」

そう言った監物を左内は上目遣いで見た。川桝では罵《ののし》ったくせにという表情だった。

監物は一つ咳払いして「上司として、あの場合は叱るしかなかったのだ。褒《ほ》めてみろ。次にまた派手なことをするに決まっている」と言った。左内は「それもそうですが」と独り言のように呟き、書類に屈み込んだ。

「風邪を引かぬかな。どれ、夜具など運んでやろう」

「わたしがやります」

左内は腰を浮かした。

「なに、雑作もないことゆえ、おぬしは調べ物を続けよ」

監物は鷹揚に言って部屋を出て行った。

左内は窓を開け、外の空気を入れた。炭を焚いているので、注意しなければ中毒になる。

やがて、荒い息をした監物が夜具を運んで来た。夜具は一度で運び切れず、監物は何度か用部屋を往復した。ようやく人数分の夜具が揃うと、監物は一人一人に優しく掛けた。

左内はその様子を横目でちらちらと眺めていた。

龍之進は左内の向かい側で机に俯していた。監物は龍之進に夜具を掛けると、前に置かれていた反省文に目を向けた。小声でぶつぶつと文章を読む。それから、ふっと笑った。

「さて、明日も忙しいぞ。西尾、あまり根を詰めるなよ」

「わかりました」

「火の元にはくれぐれも気をつけるのだぞ」

「承知しました」

監物が去って行くと、用部屋は見習い組の寝息と鼾《いびき》だけになった。ふと見ると、龍之進は口許からよだれを垂らしていた。それが反省文の紙を濡らしている。

左内は立ち上がって机を回り、龍之進の口許から紙を離した。

達筆な字が並んでいた。俄《にわ》かに自分の悪筆を恥じる気持ちが生まれた。

「朝《あした》に紅顔有りて、夕べに白骨と為《な》るのたとえあり。

骨接ぎ医見習い直弥、辻斬りに加担するも、裏切りによって命を絶たれ候。その仕形、不届き千万と雖《いえど》も、直弥、未だ若輩者にて御座《ござ》候。

早過ぎる死は小生も気の毒に感じおり候。

本日の小生の生き方、上々にあらず。下々にあらず。さりとて平凡にもあらず。世の無常を強く感じるのみにて御座候。

片岡監物様はじめ、北町奉行所御一同様には多大な迷惑をお掛けした段、伏してお詫び申し上げ候。この後は短慮な行動を慎み、市中の治安の向上に邁進《まいしん》する所存に御座候。

重ねて重ねてお詫び申し上げ候。

不破　龍之進」


龍之進の反省文はそのようなものだった。

「本日の生き方か……」

左内は独り言のように呟き、開けていた窓の障子を閉めるために、そちらへ向かった。

庭に植わっている松の樹の上に白い月があった。少し眺めていたかったが、外の空気は寒過ぎた。

ぶるっと身震いして、左内は障子を閉めた。

その時、誰かの寝言が聞こえた。

雨を見たか

一

元、本所無頼派《ぶらいは》の一員であった長倉駒之介《ながくらこまのすけ》こと吉田駒之介は辻斬りと骨接《ほねつ》ぎ医見習い直弥《なおや》殺しの容疑で幕府の取り調べを受けた。直弥が駒之介らしい武家の男に斬られたのは見習い同心の不破龍之進《りゅうのしん》と緑川鉈五郎《なたごろう》が目撃している。現場には証拠となる差し料（刀）も残されたので、北町奉行所は幕府の目付《めつけ》に報告したのである。

取り調べの段階で駒之介は罪を認めなかったが、駒之介の養父、吉田茂十郎《しげじゅうろう》は世間を憚《はばか》り、養子縁組の返上を長倉家に申し出た。長倉家は何《な》んとか元の鞘《さや》に収めようと再三説得したが、茂十郎の気持ちは変わらなかった。

業を煮やした長倉家は、そっちの勝手で養子縁組を返上するのだから、持参金を倍返しにして貰おうと言い出し、そのことで今も両家は揉《も》めているという。

霜月《しもつき》に入った江戸は木枯らしが路上の落ち葉を舞い上げ、どこもここも寒々とした景色が拡がっている。いっそ雪でも降れば、まだしも風情が感じられるのだが、降るのは手足の凍《こご》えそうな雨ばかりだった。秋が終われば冬が来るとわかっているものの、江戸の人間で冬が好きな者はそういない。おおかたは侘《わび》しい気持ちで暗い空を見上げ、ため息をつく。

これから炭代が嵩《かさ》む。大晦日までに支払わなければならないものもある。無事に年を越せるだろうか。人々のため息の理由はそんなところにあった。


龍之進が奉行所を退出する時、父親の不破友之進《とものしん》も同じく退出するところだった。いつも一緒に帰る古川喜六《きろく》と西尾左内《さない》は与力見習いの片岡監物《けんもつ》に用事を頼まれたとかで傍《そば》にいなかった。龍之進は仕方なく不破と肩を並べて八丁堀の組屋敷に帰ることとなった。

龍之進は、不破がいやという訳ではないが、今は仲間といる方が楽しい。せっかく一緒に帰る機会だというのに何んとなく疎《うと》ましいものを感じていた。

昔は不破と外出するのが嬉しかった。買い喰いの嫌いな母親と違い、不破は水茶屋や蕎麦屋に連れて行ってくれた。縁日の露店の食べ物も龍之進が求めれば気軽に与えてくれた。

怖い父親ではあったが、そういう鷹揚《おうよう》な面は好きだった。龍之進が不破を疎ましく思うようになったのは同心見習いとして奉行所に上がってからだろう。廊下ですれ違った時など訳もなく恥ずかしかった。奉行所内での不破はひどく凡庸《ぼんよう》な男に見える。極端に言えば家で見る父親よりひと回り小さく映った。

ちょうど十五、六の若者は身内に対して恥ずかしさを覚える年頃なのかも知れない。朋輩《ほうばい》の緑川鉈五郎は奉行所で父親と顔が合っても、ほとんど無視している。父親の平八郎《へいはちろう》も鉈五郎の性格を心得ているようで何も言わない。龍之進は、さすがにそこまではできず、不破に会えば「お疲れ様です」ぐらいは言った。

気詰まりを感じながら歩く龍之進に対し、不破は嬉しそうに「ずい分、背が伸びたな。来年はおれも追い越されるかも知れねェな」と話し掛ける。

自分でもそれは感じていた。寝床に入ると、日中の緊張を追い払うように大きく手足を伸ばす。その時、膝《ひざ》の辺《あた》りの骨がぎしっと鳴ることがあった。龍之進は、あ、今、背が伸びたと思う。翌朝、洗面のために井戸の前に立つと、心なしか井戸の位置が低くなっているように感じるのだ。見習い同心の仲間にそれを言うと、まさかとか、大袈裟だとか応えるが、実際、龍之進の背丈は高くなっていた。見習いの中で一番高い緑川鉈五郎を追い越さんばかりの勢いだった。成長がすでに止まったような左内は羨《うらや》ましい顔で龍之進を見上げ、「まあ、龍之進の父上は大男だし、母上もおなごにしては背が高い方だから、でかくなるのも当たり前だよ。それに比べて、うちはチビの家系だからな」と吐息混じりに言うのだった。

背丈が高くなるのも道理で、この頃の龍之進の食欲は自分でも恐ろしいばかりだ。不破は「飯を喰うのはいいが、お櫃《ひつ》まで喰うなよ」と冗談を飛ばす始末だった。

「父上、長倉駒之介を召し捕《と》ることは、まだできませんか」

龍之進は話題に窮して務め向きのことを口にした。一瞬、真顔になった不破は「奴は吉田の家を追い出され、実家に戻るようだ。ご公儀は、まだ駒之介の罪を認めておらぬ。奴のてて親が知り合いの老中に根回ししているふうもある。捕まえるにゃ、ちょいと難しいかも知れぬ。これで長倉の家が奴を勘当でもすれば話は早いのだが」と応えた。

「勘当されたら駒之介は浪人の扱いですからね」

龍之進は訳知り顔で言う。町方《まちかた》役人は武士を召し捕ることはできない。だが浪人となればその限りではないからだ。

「勘当はご公儀に書面で報告してから決まるのですね」

龍之進が続けると不破は含み笑いを洩らし、「早くお縄にしたくてばたばたしていらァ」と笑った。

「当たり前です。直弥が死に、駒之介を捕まえることができれば本所無頼派は四人になります。我等の仕事にも弾《はず》みがつきます」

「まあ、そう焦《あせ》るな」

「直弥は今わの際《きわ》に、尾張《おわり》屋の押し込みも自分達の仕業《しわざ》だと匂わせていました」

龍之進は意気込んで言う。尾張屋は日本橋・室町二丁目にある呉服屋だった。今年の春先に押し込みに襲われ、主《あるじ》夫婦を初め、息子、娘、奉公人の八人が殺されていた。この事件を本所無頼派の仕業と龍之進達は考えていたが、奉行所は、下手人は彼等でないとの見解を下していた。龍之進も他の見習い同心も、それには納得できずにいた。新たな下手人が見つからないのも納得できない理由だった。

「直弥は、はっきりそう言ったのけェ？」

不破は確認するように訊《き》く。

「いえ、言わないのが仲間への仁義だと応えただけですが、そんな言い方はないでしょう。違うと言えばいいんですから」

「どうかな。それだけじゃ白状したことにはならねェだろう」

「やはり、自白が肝腎ですか」

「おうよ。証拠を固め、下手人が言い逃《のが》れできねェように追い込んで白状させるのが町方のやり方だ。下手人が白状しねェ内はお奉行も裁《さば》きはできねェ。だが、せっかく白状させても、お白州《しらす》で手前《てめ》ェじゃねェとほざく者もいる」

「その時はどうするんですか」

「まあ、口書き《くちが》（供述書）も取っていることだし、たいていは下手人が死にたくなくて最後のあがきをしているだけだが……最終的にはお奉行の判断に委《ゆだ》ねられる」

「お奉行はよほどの人格者でなければ務まりませんね」

「その通りよ。町方の仕事がわかって来たじゃねェか」

不破はからかうように笑った。

「ですが、自分はやっていないと言っているのに実際にはお裁きを受けた者もいる訳ですね」

「まあ、数の中にゃ、そういう事例もあるだろう」

「その中で、もしかして本当は無実の者もいたのかも知れませんね」

そう言うと、不破はまじまじと龍之進の顔を見た。

「な、何か」

龍之進は自分がまずいことを言ったのかと慌てた。

「いや、何んでもねェよ」

不破は取り繕《つくろ》うように応えたが、それから亀島《かめしま》町の組屋敷に着くまで、ほとんど何も喋らなかった。

二

着替えを済ませた不破は書物部屋に入り、火鉢の炭を搔き立てた。龍之進の言葉が不破の頭に残っていた。

(もしかして本当は無実の者もいたのかも知れませんね……)

定廻《じょうまわ》り同心の不破は、もちろん、下手人の捕縛《ほばく》を数え切れないほど行なってきた。凶悪な下手人から、ふとしたでき心で罪を犯した者、やむにやまれぬ事情で罪を犯した者と様々だった。その中には龍之進が言ったように、こいつは下手人でないかも知れないと疑問を持つこともあった。だが、奉行所の沙汰が出てしまった後ではどうすることもできなかった。それでなくても犯罪に手を染める者は毎日のように出る。疑問を持ったところで、それまでの調べを引っ繰り返し、新たな下手人を探すとなれば手間も時間も喰う。何より沙汰を下した北町奉行の面目を潰《つぶ》すこととなる。

結局、不破は奉行所の流れに任せて余計なことは口にしなかった。

短い吐息をついて煙管《きせる》に火を点《つ》けた時、不意に「おれは殺《や》っちゃいねェ。旦那、後生だ。助けてくれ！」と悲鳴に近い声が耳に甦《よみがえ》った。胸がちくりと疼《うず》いた。

声の主は裏店《うらだな》の大家の家に忍び込み、大家とその妻を殺害し、長火鉢の引き出しから金を盗んだ年寄りのものだった。痰《たん》の絡《から》んだようにしゃがれた声。あの当時で六十近かっただろう。仙吉《せんきち》……そうだ、錺《かざり》職人の仙吉という男だった。子供がおらず女房と二人暮らしだった。女房が病《やまい》の床に就《つ》くと、仙吉は看病のため仕事も満足にできなくなった。当然、暮らしに詰まり、たかが裏店の店賃《たなちん》さえ払えなくなった。仙吉の話によると、その日、仙吉は店賃を待って貰うよう大家に頼みに行ったという。町木戸が閉じる間際だった。近所の目を意識してのことだったらしいが、人の家を訪れるのにふさわしい時刻とは思えない。それがまず、不審な点だった。仙吉は大家の家に着くと低い声で訪《おとな》いを入れた。だが、灯りは点いているのに返答はなかった。

恐る恐る障子を開けると、そこには大家と女房の変わり果てた姿があった。仙吉は腰を抜かさんばかりに驚いた。大家の家も夫婦二人暮らしだった。仙吉はふと、長火鉢に眼をやった。遅れた店賃を届けた時、女房が引き出しの中にそれをしまったことを思い出したのだ。ためしに引き出しを開けると、波銭（四文銭）や一朱銀に混じり、小判が三つばかり入っていた。二人を殺した下手人が金に手をつけていないことが仙吉には不思議だった。だが、考える間もなく、仙吉の手は金に伸びた。

後は脇目も振らず一目散に裏店に戻ったという。

翌日、仙吉は溜《た》まっていた米屋と酒屋の支払いを済ませ、女房の薬を買った。このことが墓穴を掘った。

不破はその時、見習いから本勤になったばかりだった。いなみと所帯を持ち、龍之進も生まれている。張り切っていた。

大家の異変は翌朝早く知らせがあった。不破は緑川平八郎と現場に向かい、検屍を行なった。その後で大家が管理を任されていた横山町の裏店に向かった。

仙吉はちょうど裏店の門口を抜け、米屋と酒屋に向かうところだった。ひどく急いでいた。平八郎は「あの爺《じじ》ィ、ちょい臭《にお》うぜ」と何気なく言った。

その言葉に誘われるように不破は後をつけた。平八郎は裏店の住人達から聞き込みをするため、その場に残った。仙吉が立ち寄った米屋、酒屋、薬種屋に不破が後で聞き込みをすると、支払ったものは結構な額だった。つんと胸が硬くなった。

奉行所に戻り、平八郎と調べをつき合わせても仙吉の疑いは濃くなる一方だった。仙吉は事件が起きる前日に隣りの女房から味噌を借りている。ひと晩で急に金を持つはずがなかった。

「しょっ引《び》くか」

そう言った平八郎に不破は大きく肯《うなず》いた。

その日の内に仙吉を捕らえ、茅場《かやば》町の大番屋に連行した。仙吉は金を盗ったのは認めたが、殺しはしていないと言い張った。だが、仕置きを掛けると、ついに白状した。仙吉は盗み目的で大家の家に忍び込み、夫婦を殺した廉《かど》で小伝馬《こでんま》町の牢に送られ、お白州での裁きを待つこととなった。

裁きの日、お白州でちょっとした騒ぎがあった。仙吉は、金は盗ったが殺しはしていないと白状したことを翻《ひるがえ》したのだ。あの必死の眼の色を不破は今でも覚えている。

「往生際が悪い」と奉行は仙吉を一喝した。

不破が調べた限りでは、仙吉の他に怪しい人間は浮上しなかった。結局、仙吉の言い分は通らず、仙吉は刑場の露と消えた。病の女房も後を追うように半年後に死んだ。

事件が決着しても、不破は仙吉の眼がしばらく頭から離れなかった。あれは最後のあがきだったのだろうか。それとも……。

よく考えてみると、殺された大家は仙吉より五つほど年下で、しかもかなり体格のよい男だった。反対に仙吉は痩せて小さな男だった。仙吉が大家の家を訪れて帰るまでの小半刻《こはんとき》（約三十分）ほどの間に、大家のみならず女房まで仙吉が簡単に殺せるものかという疑問は残る。仙吉が白状したのは仕置きに耐えられなかったせいとも考えられる。

だが、その一方で仙吉が下手人でなければ誰が下手人かという疑問もまた生まれるのだ。

仙吉の事件が解決してひと月ほど経《た》った頃、横山町の裏店に住む独り者の男が引っ越して行った。その男は大家の親戚筋に当たる男だった。不破はその男に対し、微《かす》かな疑念を持ったが、それ以上、詳しく調べることはなかった。すべて済んだことだった。

「父上」

もの思いに耽《ふけ》っていた不破に龍之進が焦《じ》れた声で呼び掛けていた。龍之進は障子の桟に手を置いた恰好でこちらを見ていた。さっきから何度も呼んでいたらしい。

「何んだ」

夢から覚めたような気持ちで不破は息子の顔を見た。

「先ほど言い忘れましたが、駒之介の身辺に新たな展開があった時は教えて下さい。片岡さんはご自分が知っていても我等に口を噤《つぐ》むことが多いので当てにできません。万一、駒之介が勘当となったあかつきには、我等見習い組が召し捕る覚悟ですので」

龍之進は早口に言った。

「心得た」

不破は低い声で応えた。

三

未解決だった尾張屋の押し込み事件に変化が訪れたのは、ひょんなことからだった。猪牙舟《ちょき》の船頭をしている春吉《はるきち》という二十六になる男が舟に乗せた客と手間賃のことで口論となり、あろうことか客を大川に突き落としてしまった。客は四十代の乾物屋の番頭で、ひと仕事を終えた後に深川の小料理屋に一杯飲みに行くところだったらしい。騒ぎに気づいた近くの船頭達が慌てて番頭を引き上げたが、この寒さである。おまけに番頭は金槌《かなづち》だった。

番頭は水を大量に飲んで意識も朧《おぼ》ろだった。

医者を呼んで介抱したが、可哀想にそれから一刻《いっとき》（約二時間）後に呆気なく死んでしまった。春吉の身柄は自身番から茅場町の大番屋に移され、詳しい取り調べを受けることとなった。

春吉は評判のよくない男だった。客との揉め事もしょっ中《ちゅう》だったらしい。いつかはこんなことが起きるのではないかと仲間の船頭達は心配していたという。

春吉をしょっ引いたのは増蔵《ますぞう》だった。増蔵は深川の門前仲町界隈を縄張りにしていて、不破の息の掛かった岡っ引きだった。

佐賀《さが》町の舟宿から知らせを受けて現場に駆けつけた増蔵は一旦、春吉を自身番に連行したが、春吉は興奮していて、すぐには詳しい話を訊けなかった。それで増蔵は仲間の船頭の何人かにその時の状況を訊ねた。番頭は日本橋から春吉の猪牙舟に乗り、油堀《あぶらぼり》の船着場に着く間際に春吉と口論になり、その後で突き落とされたのは間違いなかった。だが、春吉の普段の様子を訊ねた時、その中の一人が、春吉は今年の二月頃、賭場で派手に金を張ったり、岡場所に何日も居続けたことがあったと言った。その頃は仕事も休みがちだったらしい。ちょうど尾張屋の押し込み事件の後だったので、仲間は春吉が押し込みに一枚嚙んでいたのではないかと、ひそかに噂したそうだ。

「お前ェ達は冗談でなく、本気でそう思ったのけェ？」

増蔵は半信半疑で船頭達に確かめた。

「だって親分。その頃、おれ達、春吉に奢《おご》られたこともあるんですぜ。普段は、出すのは舌でもいやだという男がですよ。よほどのお宝を持っていなけりゃ、あいつが奢る訳がねェ。親の財産が転がり込んだという様子もなかったしよう」

船頭達は春吉の金の遣《つか》い方に不審を覚えて押し込み事件に結びつけたのだろう。

髪結いの伊三次は深川に仕事に行ったついでに増蔵が詰めている自身番に立ち寄り、その話を聞いた。伊三次は深川に幾つか丁場《ちょうば》（得意先）を持っている。だいたい一日おきぐらいに深川へ通っている。商家の主は一日おきに髪を結い直す。番頭は二日おき、若い衆は三日おきが髪結いを頼む目安だった。

「どう思う」

増蔵は伊三次に意見を求めた。

「さて、今のところは何んとも言えねェが、気になると言えば気になりやすね」

「だな。下手人のことは案外、周りにいる奴が先に気づいていることが多いもんだ。おれも船頭達の話をそのままにもしておけねェと思ったのよ」

「不破の旦那の耳に一応、入れておきますかい」

伊三次が念のために言うと、増蔵はほっとした様子で「ああ」と応えた。伊三次に頼めば深川から八丁堀に行く手間が省けるという表情だった。

翌朝、伊三次は不破の頭をやりながら増蔵の話を伝えた。しかし不破は、あまり乗り気ではなかった。

「尾張屋は南町の山だからなあ」

南町奉行所の領域を侵すことに不破は二の足を踏んでいた。確かに、事件があった当時は南町奉行所の月番で、調べも南町が進めていた。

「ですが、ちょいと調べてみる価値はあるんじゃねェですか」

伊三次がそう言うと、不破は素直に「だな」と肯いた。

「伊三次さん。その春吉は、尾張屋とは関わりがないと思います。わたし達は本所無頼派の仕業と当たりをつけております。その可能性の方が高いですから」

龍之進は伊三次の弟子の九兵衛《くへえ》に髪を梳《す》かせながら口を挟《はさ》んだ。

「若旦那。お言葉を返すようですが、尾張屋については噂ばかりで、下手人に結びつくような証挘は何も見つかっていねェんですぜ。尾張屋は二百五十両もの大金を盗られておりやす。下手人は、一人ではありやせん。五人いたはずです。盗った金は山分けでしょう。とすれば、急に金遣いが荒くなった者を疑うのは当然です。若旦那は本所無頼派を追っていなさるようですが、そいつ等は目につくほど金遣いが荒くなっておりやすかい」

「それは……」

龍之進は伊三次の問い掛けに口ごもった。

彼等にさしたる変化はないのだと伊三次は思った。

「旦那。春吉をもう少し追い詰めて下せェ。春吉にゲロを吐かせれば仲間の面は割れやす」

伊三次は慣れた手つきで不破の髪をひとまとめにして言った。

「わかった」

不破はそう応えて傍にある茶の入った湯呑に手を伸ばした。龍之進はむっとして、それ以上、何も言わなかった。九兵衛ははらはらしながら、龍之進と伊三次の顔を交互に見ていた。

「親方。若旦那は気分を悪くしていたようですよ。いいんですか」

不破の家からの帰り道、九兵衛は心配そうに伊三次に訊いた。この頃の九兵衛は龍之進と同じで、どんどん大きくなっている。あどけない表情も次第に大人っぽく変わっていた。

「若旦那は最初《はな》っから尾張屋の下手人を無頼派と決めちまっているから始末が悪い。それで周りが見えねェのよ。調べは落ち着いてやるのが肝腎だ」

「ですよね」

九兵衛は伊三次に阿《おもね》るように相槌《あいづち》を打った。

「ま、本当のことは今のところわかっちゃいねェ。若旦那の理屈もあながち的外れとは言えねェが、それより春吉が派手に金を遣ったことの方がおれは気になる」

「親方は若旦那が気分を悪くしてもへえへえしませんよね。おいら、そんなところが大したもんだと思っています」

「褒《ほ》めても何も出ねェぜ」

伊三次は苦笑して鼻を鳴らした。

「尾張屋の旦那はおかみさんの客だったんですよ。おかみさん、早く下手人が見つかればいいと言ってました」

九兵衛はお文《ぶん》のことを持ち出した。

「そうか……」

尾張屋の主はお文が深川から日本橋に来たことを大層喜んでいたと伊三次も聞いている。

「贔屓《ひいき》の客が減って、おかみさんも大変らしいですよ」

「………」

「寒いっすね」

九兵衛は曇った空を見上げて呟いた。

「風邪引くなよ」

「へい。親方も」

九兵衛は嬉しそうに笑う。笑うと存外に愛嬌のある表情になる。身体を縮めるようにして海賊《かいぞく》橋を渡りながら、もしも春吉が尾張屋の押し込みの一人なら、仲間はどんな連中だろうかと伊三次は考えていた。春吉が舟の段取りをつけて日本橋にやって来たとすれば、仲間は深川か本所に住む人間だろう。そこまで考えて、無頼派を全く外すのもどうかという気持ちになった。無頼派が春吉を金で雇うこともあり得るからだ。だが、猪牙舟に二百五十両の金を持った男五人が乗ることが可能だろうか。これで舟が二艘というならわかる……いや、二艘に違いない。伊三次は、はたと思い当たった。五人の下手人の内、船頭が二人含まれていたのだ。そう考えると腑に落ちる。もう一人の船頭が鍵だと伊三次は思った。

「九兵衛。おれはこれから深川に行ってくる。台箱《だいばこ》を持って、先に帰ってくれ」

伊三次は早口に言った。

「え？　深川は昨日、行ったばかりですよ」

九兵衛は怪訝《けげん》そうに応える。

「ちょいと野暮用を思い出したのよ」

「さいですか。寒いっすよ」

「おきゃあがれ。廻りの髪結いはお天道さんの顔色を窺《うかが》っていたら仕事にも何もなりゃしねェ」

伊三次は豪気に吼《ほ》えた。

四

日本橋の船着場には、ちょうど客待ちしていた猪牙舟の船頭が煙管を遣っていた。

「深川までやっつくんな」と声を掛けると、船頭は「へい」と慇懃《いんぎん》に応えた。

伊三次がひょいと飛び乗ると「旦那。猪牙舟にゃ、存外慣れていなさるようだ。行き先は山谷《さんや》堀《ぼり》でなくてよござんすか」と、船頭は水棹《みさお》を動かしながら訊いた。

猪牙舟の乗り方には、少し呼吸がいる。何しろ猪牙というぐらいだから船体が細長い。悪くすれば引っ繰り返る恐れがあった。その代わり舟足は速い。吉原通いの客はこの舟を利用することが多い。伊三次の手慣れた様子に船頭はそんな冗談を言ったのだ。

「今が何刻だと思っている。幾ら数奇者でも吉原に行く時分じゃねェよ」

伊三次は笑いながら応えた。本当は吉原など、御用向き以外、足を向けたことはないのだ。

「船頭さんよ。この舟に何人まで乗せる？」

伊三次は胡坐《あぐら》をかいて続けた。

「ま、三人は乗せられやすが、おれは二人以上は乗せやせん。夏場はともかく、こう冷えて来ちゃ、引っ繰り返って水浴びってのも、ぞっとしねェですからね」

相変わらず冗談混じりに応えた。

「そいじゃ、船頭を入れて五人に、ちょいとした荷物を乗せるなんざ、あり得ねェ話だな」

「どのぐらいの荷物で？」

船頭は不思議そうに訊く。頰被《ほおかぶ》りをしていたが、つるりとした膚《はだ》をしている。まだ年は若そうだ。

「そうさなあ……」

そこまで言って伊三次は言葉に窮した。二百五十両の小判の重さが見当つかなかったからだ。

「一、二貫（三・七五キロないし七・五キロ）ぐれェかな」

伊三次は曖昧に応えた。

「まず、無理でしょう」

だが船頭はすぐに応えた。

「そうだろうな」

伊三次は懐《ふところ》から手拭いを取り出し、船頭と同じように頰被りした。船頭はふっと笑った。

舟が大川に出ると川風が一段と身に滲《し》みた。

「この間ァ、仲間の船頭が客を突き落としちまって大変な騒ぎでしたぜ」

船頭は伊三次を退屈させないためか例の春吉の一件を話し始めた。伊三次は初めて聞くような顔で「へえ？」と言った。

「慌てて客を引き上げたが、どうも客は、落ちた拍子に心《しん》ノ臓《ぞう》にぐいっと来たみてェで、とうとう助かりやせんでした」

「気の毒にな」

「命がありゃ、大した咎《とが》めにもならねェだろうが、何しろ相手が死んじまってるんじゃ、どうにもならねェ。悪くすりゃ、奴は首を落とされるかも知れねェ」

「だな」

「ま、奴もやりたいことをやったことだし、この世にさほど未練はねェだろうよ」

「それほど猪牙舟の船頭ってのは実入りがいいのけェ」

そう訊くと、船頭は苦笑して「舟の手間賃だけじゃ高が知れてまさァ。奴は訳ありの客に雇われて大枚のお宝を手にしたんですよ。それでうまい酒を飲み、うまい物を喰い、女も抱きてェだけ抱いたはずだ」と応えた。その瞬間、伊三次のこめかみの辺りがちりちりと痺《しび》れた。増蔵よりも詳しい話が聞けそうだと思うと伊三次は少し興奮した。だが、伊三次は何気ないふうを装い、尾張屋の一件に水を向けた。

「訳ありの客ねえ……まさか、押し込みの一味から誘われたんじゃねェだろうな。春先には、日本橋の呉服屋が襲われたって話だからよ」

「旦那。なかなか鋭いところを衝《つ》く。奴はそれらしいことを喋っていましたぜ」

「本当けェ？」

伊三次はぐっと身を乗り出して船頭に確かめた。船頭はもともと地黒なのだろう。それに陽灼《ひや》けが滲みついて、この季節になっても真っ黒な顔をしている。だから、口許《くちもと》から覗く歯がやけに白く見えた。

「鎧《よろい》の渡しに舟をつけて、それから客の後について日本橋近くの大店に行ったそうですぜ。そこで何があったかは言わなかったが、後で金を貰ったと得意そうにおれ達に喋っていたんですよ。一年ほど遊んでいられるほどの額だったらしいが、金なんざ、その気になって遣ったらすぐに底を尽きまさァ。金がなくなって、ようやく働く気になったら、このざまですよ」

船頭は上唇を舌で湿して応えた。

「お前ェさん。お上に届けたのけェ」

伊三次は上目遣いに船頭を見ながら訊く。

「まさか。仲間は売らねェよ。いずれ八丁堀の旦那がとっ捕まえるものと思っていたからよ、わざわざおれ達が喋るまでもねェ」

船頭はその時だけ、むっとした顔になった。

「舟を用意したのはそいつだけじゃねェんだろ？」

「どうしてそう思うんで？」

「今思い出したが、押し込みに遭《あ》ったのは、確か尾張屋という呉服屋だった。下手人は五人だと聞いてるぜ。五人は猪牙舟に乗るのは無理だと、お前ェさん、さっき言ったばかりだろうが」

その拍子に船頭はぎょっとした顔になった。

「そいつは旦那が訊いたから応えたまでの話でさァ」

船頭は、まずいことを喋ってしまったと悔やむ表情だった。それから船頭はぴたりと口を閉ざした。

「だんまりけェ。喋ったついでに、もう一人の船頭の名を教えてくんねェ。なに、悪いようにはしねェ」

伊三次がそう言うと船頭はため息をついた。

「旦那。おれの話をお上に届けるのけェ？」

「いや、おれはそんなことはしねェよ」

内心では、届けるどころか引っ捕まえるのよ、と呟いていたが。

「そうけェ。それで安心した。柳橋の二本松屋という舟宿の船頭で又蔵《またぞう》という男よ。話を持ち掛けたのは、その又蔵の従兄弟《いとこ》だったらしい。貞吉《さだきち》って刀鍛冶をしている」

「………」

どこかで聞いたような名だった。しかし、その時の伊三次には、どうしても貞吉なる男の見当がつかなかった。

油堀の入り口に着くと、伊三次は三十八文の手間賃に二文色をつけて四十文渡しながら、「お前ェさんの話はおもしろかったぜ」と言った。

「こいつはどうも」

船頭は恐縮した顔をしたが、その時、伊三次の顔をまじまじと見た。伊三次が何者だろうかと訝《いぶか》しんでいる様子だった。

「船頭さんよ。余計なことだが、今度から怪しい話を聞いたら、ちゃんとお上に届けなきゃ駄目だぜ。仲間への義理で黙っているのはよくねェ。尾張屋は八人も殺されているんだ。仲間を庇《かば》って、お前ェさんまで後ろに手が回ったら間尺に合わねェだろうが」

「へえ」

船頭はおざなりに応えたが、伊三次が舟を下りると、くるりと背を向けて煙管を取り出していた。


門前仲町の自身番に着くなり、伊三次は油障子をがらりと開けた。

「増さん、いるか」

大声で呼び掛けると「何んでェ、朝っぱらから」と、増蔵が苦虫を嚙み潰したような顔で伊三次を見た。自身番の座敷に緑川平八郎と鉈五郎が座って茶を飲んでいるのが見えた。

「こいつはお揃いで」

伊三次は訪いも入れずに油障子を開けたことを途端に恥じた。

「ずい分、急いでいるじゃねェか。何かあったのけェ？」

だが、平八郎は意に介した様子もなく穏やかに訊いた。

「へい。春吉は尾張屋の押し込みに手を貸しているようです。舟を用意したんですよ。舟は二艘使いやして、もう一人の船頭は柳橋の二本松屋という舟宿に使われている又蔵です。又蔵の従兄弟は貞吉という刀鍛冶をしている男で、押し込みは、その貞吉から持ち込まれたようです」

「誰から訊いた」

増蔵は伊三次に早口に言う。

「へい。今、乗って来た猪牙舟の船頭ですよ。船頭仲間じゃ、とっくに春吉の仕業は知られておりやした。春吉が手前ェから喋っていたふしもありやす」

伊三次が応えると、鉈五郎は、すっと腰を上げた。

「父上。お役所に戻ります。捕物の仕度をせねばなりません」

「うむ」

平八郎は、待てとも、慌てるなとも言わず、黙って肯いた。

「若旦那。貞吉の居所を知っていなさるんで？」

伊三次は怪訝な顔で鉈五郎に訊いた。鉈五郎は小ばかにしたように薄く笑った。

「龍之進から聞いたことはなかったか？　貞吉は無頼派の一人だ」

「それじゃ……」

「尾張屋の押し込みは無頼派ってことよ。ぐずぐずしている南町の鼻をあかしてやる。ざまァ、見さらせよ」

鉈五郎は口の端を歪《ゆが》め、吐き捨てるように言って自身番を出て行った。

「若旦那は旦那の若《わけ》ェ頃と瓜二つでさァ」

増蔵はそんなことを言う。

「皮肉なもの言いをするところがか？」

平八郎はきゅっと眉を持ち上げた。

「そ、そんなことは言っておりやせんよ」

増蔵は慌ててとり繕う。

「これで無頼派は三人になるか。見習い組もじりじりと追い詰めておるわ」

平八郎は愉快そうに笑った。そんな平八郎を見たのは、伊三次は初めてだった。

五

鉈五郎は奉行所に戻り、すぐに又蔵と貞吉の捕縛に乗り出した。だが、柳橋の二本松屋の船頭に又蔵という名の男はいなかった。貞吉も尾張屋の事件があった直後に奉行所の調べを受けた以上のことは出て来なかった。もちろん、従兄弟に又蔵という男はいなかった。

船頭にスカを喰わされたと知って、伊三次は愕然とした。拵《こしら》え話にしては真に迫っていた。まさかスカとは夢にも思わなかった。納得できない伊三次は、話を聞いた船頭を捜したが、どうした訳か、それらしい男は見つからなかった。どこの舟宿に雇われていたのかもわからない。名前と居所を訊いておくべきだったと思っても後の祭りだった。

銑五郎は伊三次のために無駄な刻《とき》を喰ったと、大層立腹しているらしい。龍之進も面と向かって伊三次に文句を言わないものの、伊三次を軽蔑したような眼で見ていた。

お文がお座敷を終えて佐内《さない》町の家に戻る頃、いつもなら伊三次はとっくに眠りについている。だが、様々なことを考えると眠られず、その夜、伊三次は茶の間につくねんと座っていた。

「おや、起きていたのかえ」

お文はそう言って、嬉しそうに笑った。

「どうも眼が冴《さ》えて眠られねェのよ」

「………」

お文は伊三次の顔をつかの間、じっと見たが「お茶でも淹《い》れようか」と言った。伊三次はそれにため息で応えた。

「何かあったのかえ」

急須に茶の葉を入れてお文は訊く。

「ドジ、踏んじまったい」

伊三次はわざと明るい声で応えた。

「珍しいこともあるじゃないか。凄腕《すごうで》のお前さんが」

「凄腕じゃねェわ。おれァ、所詮、ただの髪結いよ」

伊三次の声に自嘲的なものが含まれた。

「生きてりゃ、色んなことがあるさ。一度や二度のドジで腐ることもありゃしない」

お文は湯呑を差し出して言う。

「おれの味方はお前ェだけだ」

そう言うと、お文は乾いた笑い声を立てた。

「ずい分、弱気になったものだ。三十を過ぎてヤキが回ったのかえ。どうせ小者《こもの》なんざ、八丁堀の小間使いだ。本来は八丁堀がやる仕事をお前さんにやらせているんだろ？　高い手間賃をいただいている訳じゃなし、それほど責めを負うこともないはずだ。いやなら首にしろと凄んでおやりよ」

お文は相変わらず威勢がいい。

「不破の旦那は何も言わねェが、若旦那がよう……」

「坊ちゃんが？」

「ああ。おれをいやな眼で見る。ドジ踏みやがってと、内心じゃ思っているはずだ」

「あの年頃は融通《ゆうずう》が利かないからね。時間が経てば元の通りになるさ」

「そうだろうか」

「もう、何を気にすることがあるんだ。それほど坊ちゃんによく思われたいのかえ」

「今まで伊三次さん、伊三次さんと慕っていたんだぜ。おれァ、若旦那と旦那が嚙み合わない時にゃ庇ってやったこともあるんだ。それなのに、見習いになった途端、下に見やがる」

龍之進に対する不満がいっきに出ていた。

お文はふっと笑った。

「何んだ。何がおかしい」

「お前さん、甘えているよ。坊ちゃんは昔の坊ちゃんじゃない。一人前の同心を目指してがんばっているんだ。お前さんが旦那にとって、どんな立場の男なのかもわかって来たのさ。旦那の小者は坊ちゃんにとっても小者さ。下に見て当然だろうが。それでなくても向こうはお武家、お前さんは素町人《すちようにん》だ」

お文は至極当然の理屈を言った。

「だな。おれは甘えていたのかも知れねェな。ここらで了簡《りようけん》を改めねェと」

「ものわかりがいいじゃないか。ささ、茶を飲んだら早く寝ておしまい。いやなことがあった時は寝るのに限る。寝て起きりゃ、別の日になっている」

お文は景気をつけた。伊三次は苦笑して肯いた。

大番屋に連行された春吉は依然、押し込みの下手人の疑いが晴れていなかった。やはり、派手に金を遣ったことがその理由だった。仕置きを掛けられてぼろぼろになっても、春吉はそれだけは違うと言い張り、口書きに爪印を押すことを拒んでいた。

夕方に不破の組屋敷を訪れた伊三次は「どう思うよ」と不破に訊かれた。

「さて、わたしは何んと申し上げていいのかわかりやせん」

「春吉が下手人かどうかの勘も働かなくなったのけェ？」

不破は皮肉な言い方をした。

「さいですね。何も彼《か》も自信がなくなりやした。いっそ、旦那の小者を退《の》かせていただきてェ気持ちでもおりやす」

思い切って言ったが、不破は、きゅっと眉を持ち上げただけだった。しばらくしてから「例の船頭は見つかったか？」と、低い声で訊いた。

「いえ……」

「そうか。ま、春吉は客を大川に突き落として死なせているし、それだけでも死罪に相当するが、覚えのねェ罪まで被りたくねェと意地を張っている。おれは春吉がうそを言っているとは思えん」

「旦那はどうなさるおつもりで？」

「尾張屋の押し込みの件は口書きから外してやりてェと考えている」

「ですが、尾張屋の件は南の御番所の山なんで、幾ら旦那でも無理なんじゃねェですか」

「無理は承知だ」

「………」

「昔なあ、盗みと殺しの廉《かど》で死罪になった下手人がいたんだ。だが、本当は殺《や》っていねェんじゃねェかと後で思ったのよ」

不破は遠い眼になって言った。それから大家殺しの廉で死罪となった仙吉の話をぽつぽつと伊三次に語った。聞きながら伊三次は何度も首を傾《かし》げた。話を聞いている分には、不破に落ち度はないように思えたからだ。

「誰が取り調べをなすっても、そいつ以外に下手人は考えられなかったと思いやす」

伊三次は不破の肩を持つように言った。

「そうかな。引っ越しして行った野郎は大家の親戚筋の男だった。子供のいなかった大家夫婦は、わが子のようにも思っていたらしい。時には小言を言うこともあっただろうよ。いや、これはおれの憶測だがよ。そいつは大家夫婦のお節介に業を煮やし、つい、事に及んだのじゃなかろうかってな。ほとぼりが冷めた頃に引っ越ししたんだと、後でふと思った」

「大家夫婦が死んで、その裏店にいたくなかったんじゃねェですか。いずれにしても、旦那が気に病んだところで、もう済んだことです」

「ああ、その通りだ。済んだことだ。だが、もう少し仙吉の話に耳を傾けていたら、死罪にまではならなかったと思うのよ。それが今でもおれを苦しめる」

「………」

「だから、あの時と同じ後悔はしたくねェと思っているだけよ。お前ェはドジを踏んだと気落ちしているらしいが、おれはそう思わぬ。例の船頭は拵え話をして春吉を押し込みの一味のように思わせた。だが、蓋《ふた》を開けて見れば、又蔵という船頭もいねェし、貞吉の従兄弟でもなかった。こいつは春吉が押し込みの一味じゃねェという理屈にもならねェか」

「………」

「春吉は乾物屋の番頭を突き落として死なせたのは素直に認めているんだ。それだけでいいじゃねェか」

「春吉のことは、旦那にお任せ致しやす。よろしくお願ェしやす」

伊三次は頭を下げた。もう自分の出る幕でもないと思った。

「うむ。だが、ひとつ問題がある」

「へ？」

「春吉が大枚の金を懐にした理由だ。そいつを調べてくんな」

「………」

「何んだ。それも自信がねェのけェ」

「いえ……」

「どうせ、ろくなことはしていねェだろうが、まずは深川か本所の賭場でいい目が出たか、あるいはゆすり辺りだろう」

「へい」

「それがわかりゃ、お前ェのドジはご破算だ」

不破はそう言って笑った。


伊三次が暇乞《いとまご》いして組屋敷を出る時、龍之進とばったり出くわした。伊三次は「お務め、ご苦労さんでござんす」と頭を下げた。

龍之進もはっとした顔になったが、「今、父上の所からの帰りですか」と如才なく訊いた。

「さいです。この間は若旦那に迷惑をお掛けしてあいすみませんでした」

「いえ……」

「さぞ、お仲間に悪態をつかれたことでござんしょう」

「それはもう済んだことですので気にしないで下さい。間違いは誰にでもあります」

龍之進は伊三次を慰めたつもりだろうが、間違いという直截《ちょくせつ》な言葉は伊三次の胸をえぐった。自分は間違いを犯したのだと、改めて思った。

「あいすみやせん」

伊三次はもう一度言って頭を下げると、そそくさと踵《きびす》を返した。龍之進の冷ややかな横顔がこたえた。こんな時、酒が飲めたらいいと、ふと思った。そうしたら少しは憂《う》さも晴れるというものだった。

六

伊三次は増蔵の肝煎《きもい》りで、深川の賭場の胴元と会うことができた。胴元は子分を三十人も抱えている渡世人だった。最初は知らぬ存ぜぬと白《しら》を切っていたが、春吉が客を大川へ突き落とした罪の他に、押し込みの嫌疑も掛けられていることを話すと、渋々、一月の晦日か二月の初めかはっきりしないが、春吉が賭場で大勝《おおが》ちしたことを認めた。賭博はご法度で、それを証明すれば胴元にも幾らか咎《とが》めが及ぶ。

だが、胴元は、しばらく自分は雲隠れして、後のことを子分に任せると言ってくれた。喜んで胴元の代わりに罪を被る利かぬ気の子分は何人もいるらしい。

気分はすっきりしないが、これで春吉の押し込みの嫌疑は晴れたので、伊三次は少しほっとした。

師走に入り、春吉は死罪の沙汰を受けた。

だが、春吉は従容《しょうよう》として死を受け入れたという。

本所・亀沢町《かめざわちょう》、榛《はん》の木《き》馬場の通りで北町奉行所、見習い同心の面々は捕物装束で待機していた。馬場の目と鼻の先にある武家屋敷の門を彼等は息を殺して見守っていた。時刻はそろそろ五つ（午後八時頃）になろうとしている。今しも門の脇に取り付けてある通用口から長倉駒之介が姿を現すのではないかと、見習い組は誰しも昂《たか》ぶった気持ちを抱えていた。

二ツ目の橋の袂《たもと》には駒之介を大番屋に連行するための伝馬船も用意していた。

実家に戻された駒之介は自分の所業を反省するどころか、相変わらず我儘《わがまま》な行動が目立った。父親の長倉刑部《ぎょうぶ》は再三に亘《わた》って説教したが、駒之介の態度は変わらなかったらしい。

ある日、刑部の説教に嫌気が差した駒之介は、あろうことか父親に暴力を振るった。もはや堪忍ならぬと刑部は駒之介に勘当を言い渡した。北町奉行の永田備後守《ながたびんごのかみ》は駒之介の捕縛を見習い組に命じた。わざわざ見習い組を名指ししたのは腑《ふ》に落ちないが、見習い組は捕物の用意を調《ととの》えて、この日、長倉家にやって来たのだ。

「まだ出てきませんね。今夜は屋敷に泊まるのでしょうか」

龍之進は不安な気持ちで鉈五郎に訊いた。

鎖の入った鉢巻きを締めている額は夜風を受けて痺れるほど冷たい。着物の下に着込んだ鎖帷《かた》子《びら》が身体を動かす度にしゃらしゃらと音を立てた。白襷《しろだすき》で袖を括《くく》り、小手、脛《すね》当て、一本刀といういで立ちが町方同心の捕物装束だった。

「いや、今夜は必ず出てくる。御竹蔵《おたけぐら》の方を見てみろ。無頼派がひと塊《かたまり》になっているぜ」

鉈五郎は広大な本所御竹蔵に顎をしゃくった。なるほど、闇に紛れているが人影らしいものが見える。

「捕縛を阻《はば》むつもりでしょうか」

「手出しをして来たらおもしろいことになる」

鉈五郎は愉快そうに笑った。

「緑川、不破、静かにしろ」

後方で片岡監物《けんもつ》が注意を与えた。監物も捕物装束だが、鉢巻きは鎖入りではなく、白木綿、刀も両刀をたばさんでいた。監物のさらに後ろは御用提灯を携えた奉行所の中間《ちゆうげん》達だった。

どこかで男の怒号が聞こえた。見習い組は耳をそばだてた。やがて、通用口が軋《きし》んだ音を立てて開くと、背中を押し出されたような恰好《かっこう》で黒い人影が現れた。通用口はすぐに閉じられた。

「薄情者！　戸を開けろ」

通用口を拳《こぶし》で叩くも、屋敷内はひっそりとして、物音ひとつしない。駒之介は諦め、そこから二、三歩離れた時、監物が「よし、行け！」と声を掛けた。

龍之進と鉈五郎は最初に飛び出した。

「北町奉行所である。長倉駒之介、辻斬りと骨接ぎ医見習い直弥殺しの廉で捕らえる。おとなしく縛につけ」

鉈五郎は澱《よど》みなく言った。

「おれは知らぬ。妙な言いがかりをつけるな」

駒之介は必死で白を切る。他の見習い組と中間が駒之介の周りを取り囲んだ。御竹蔵の人影が動いた。龍之進はそれを見ると大音声《だいおんじょう》で叫んだ。

「本所無頼派、よく聞け。本日ただ今より、長倉駒之介は家から勘当され、浪人の身分となり申した。今後は町方奉行所の調べを受けることとなる。手出しは無用である。即刻、立ち去れい！」

ぐっと身を乗り出し掛けた人影は、そこで動きを止めた。

「次郎衛《じろうえ》、構わぬ。こやつ等を斬れ」

駒之介は甲高い声で命じた。無頼派の頭は薬師寺《やくしじ》次郎衛という旗本の息子だった。

「若。往生際が悪いですよ。おとなしくして下さい。皆、若が播《ま》いた種なんですから」

古川喜六《きろく》は宥《なだ》めるように言った。

「貴様、喜六だな。不浄役人の手先になり果てたか！」

「その通りです。ごめん」

喜六は刀の柄《つか》に手をやった駒之介にすばやく当身《あてみ》を喰らわせた。駒之介の身体が前のめりになると、鉈五郎は背後から縄を掛けた。

龍之進もそれに手を貸した。さほど手間も掛からず駒之介は見習い組に捕らえられた。

外の騒ぎには気づいていたはずだが、長倉家の通用口は、それからも頑《がん》として開く様子はなかった。竪川《たてかわ》に向かって駒之介を引き立てながら、龍之進は勘当の恐ろしさを嚙み締めた。世間では勘当という言葉をよく耳にして、さほど珍しいことでもないが、実際の勘当とは、もはや親でも子でもない、何があっても関知しないという非情なものなのだ。もしも自分が世間に顔向けできないことをしたら、駒之介のように勘当となって家を追い出されるのだ。それだけではない。身分も奪われ、ただの素町人の扱いとなる。武士でなくなる自分など龍之進には想像もできなかった。

大番屋に連行されたら自尊心など木《こ》っ端微塵《ぱみじん》に打ち砕《くだ》かれる。素直に白状しない時は仕置きもされる。

初めの内は龍之進もざまあ見ろという気持ちだったが、大番屋が近づくにつれ、駒之介が気の毒にも思えるのだった。

空は厚く雲で覆われていた。今しも白いものでも落ちて来そうな寒さである。伊三次は身体を縮めるようにして九兵衛と一緒に八丁堀の組屋敷へ向かっていた。

本材木町一丁目の辻で、伊三次は龍之進とその仲間に出くわした。

「お早うございやす。昨夜は宿直《とのい》だったんで?」

そう訊くと、錠五郎が「おうよ。ばかばかしい捕物で無駄な刻を喰った」と、欠伸《あくび》をしながら応えた。

「ばかばかしい？」

伊三次は怪訝な気持ちになり、龍之進を見た。

「昨夜は無頼派の一人をしょっ引いたんですよ。ところが、そいつの親とお奉行が納得ずくでやったことでした」

龍之進もがっかりした顔で言う。それでも伊三次は事情がよく呑み込めなかった。

「幾ら勘当と言っても、咎人《とがにん》を出しては家名に傷がつきます。下手をすれば閉門にもなりかねません。そいつの親がどうしたらよいものかとお奉行に相談したのです。それで懲《こ》らしめるために我等に捕縛させたという訳です」

西尾左内が伊三次に説明して、ようやく納得できた。

「先に行くぞ。眠くてかなわん」

鉈五郎がそう言うと、後の者も鉈五郎に続いた。伊三次と龍之進はゆっくりと歩みを進めた。

「これから、そいつはどうなるんで？」

伊三次は疲れた顔の龍之進に訊いた。

「二、三日、大番屋で油を絞られるでしょう。改心すれば家に戻されます」

「それじゃ、咎めはご破算ってことですかい」

「らしいです。奴のために命を落とした者は泣き寝入りということになります。さすが旗本ですね。これが町人だったら即刻死罪です」

「……」

「若旦那。今日は非番になるんですね」

九兵衛が口を挟んだ。

「髪をやらなくてもいいだろうって言いたいのか」

龍之進は九兵衛を皮肉な眼で見る。

「へ、へい」

「夕方になったら片岡様が我等の労をねぎらってご馳走してくれるそうだ。そそけた頭ではいられない。髪は結い直す」

「承知しました」

九兵衛は渋々、応えた。

「お前が髪を梳くと大層気持ちがよい。九兵衛、気張ってやれよ」

龍之進は笑顔になって言う。九兵衛は嬉しくて、どうしてよいかわからないという表情だった。

「褒められたぜ、九兵衛。よかったな」

伊三次は言うと、九兵衛はこくりと肯いた。

海賊橋の下に伝馬船が舫《もや》ってあった。日本橋の魚市場は競《せ》りを終えた時刻である。伝馬船の船頭が橋を通り掛かった顔見知りらしい男に声を掛けた。

「こっちは雨を見たかい」

「いんにゃ、雨は見ねェ。これからだろうよ」

「向こうは土砂降りでよう、競りに出す魚が間に合うかどうかと案じたもんだ」

「間に合ってよかったな」

「ああ。ほっとした。おい、たまにゃ、一杯飲もうぜ。積もる話もあるからよう」

「年が明けねェ内は無理無理。初荷が済んだら声を掛けてくんねェ。店にいるからよう。ここから目と鼻の先だ」

「わかった。楽しみにしているぜ」

船頭はそう言って水棹を持ち直した。三人はそのやり取りを聞くでもなく聞いた。

「雨を見たかとは、おもしろい言い方ですね」

龍之進はふっと笑って言う。

「漁師は空模様を読みますからね。言い回しもわたし等とはひと味違っていますよ」

「雨は見ましたよ。心の中で……」

龍之進は独り言のように言う。九兵衛がけらけらと笑った。

「何がおかしい」

龍之進はむっとした。

「若旦那は乙《おつ》なことをおっしゃいますよ。そうです、そうです。空は日本晴れでも心の中は土砂降りの雨ってこともありますからね」

伊三次は九兵衛を庇うように言い繕った。

それから「わたしも雨を見ましたよ」と伊三次が続けた。つかの間、龍之進は伊三次を見た。何か言いかけようとした時、「親方、雪だ！」と、九兵衛が甲高い声を上げた。なるほど、ちらほらと白いものが楓川《かえでがわ》の上に舞っていた。

「雪を見ました」

龍之進は冗談のように言う。

「ささ、急ぎやしょう。旦那がいらいらしていなさる」

伊三次は急《せ》かした。


雪はそれから降り続き、翌日には一寸ほど積もった。伊三次は、やれやれ、とうとう雪の季節を迎えるかと憂鬱だったが、息子の伊与太《いよた》と不破の娘の茜《あかね》だけは、大層はしゃいでいた。

初出誌「オール讀物」
薄　氷（平成十七年三月号）
惜　春　鳥（平成十七年六月号）
おれの話を聞け（平成十七年九月号）
のうぜんかずらの花咲けば（平成十八年一月号）
本日の生き方（平成十八年四月号）
雨を見たか（平成十八年七月号）

宇江佐真理　うえざ・まり

昭和二十四年北海道函館市生まれ。函館大谷女子短期大学を卒業。平成七年「幻の声」でオール讀物新人賞を受賞し、受賞作を含む連作集『幻の声——髪結い伊三次捕物余話』で一躍注目を集める。平成十二年『深川恋物語』で吉川英治文学新人賞を、翌十三年には『余寒の雪』で中山義秀文学賞を受賞。「髪結い伊三次」シリーズにはほかに『紫紺のつばめ』『さらば深川』『さんだらぼっち』『黒く塗れ』『君を乗せる舟』がある。

雨《あめ》を見《み》たか　髪結《かみゆ》い伊三次《いさじ》捕物《とりもの》余話《よわ》

二〇〇六年十一月三十日　第一刷発行

著　者　宇《う》江《え》佐《ざ》真《ま》理《り》

発行者　白幡光明

発行所　株式会社　文藝春秋

〒102-8008　東京都千代田区紀尾井町三—二十三

電話　〇三—三二六五—一二一一

印刷所　凸版印刷

製本所　加藤製本

万一、落丁・乱丁の場合は送料小社負担でお取替えいたします。小社製作部宛、お送り下さい。定価はカバーに表示してあります。

ISBN4-16-325500-1
